JN043164

ロクサーヌと
聖騎士が部屋の中央に出る。
「では」
異世界迷宮でハーレムを 11

ミリアは完全に伝説の釣り師として君臨している。
異世界迷宮でハーレムを 11

「ではいただきます」
セリーが、壺から直接酒をあおぐ。
異世界迷宮でハーレムを
11

「大盾ですか」
ベスタが食いつく。
異世界迷宮でハーレムを 11

体洗いを十全に
堪能したあと、
ハーブの入った
お湯につかる。
緑の葉が肌を隠すのが
妙に艶《なま》めかしい。
見えそうで見えず、
しなやかに揺れるお湯と
緑に隠れる秘境。

異世界迷宮でハーレムを 11
ときおりなめらかな素肌が
顔を覗《のぞ》かせ、きらびやかに輝く。
着衣のエロス。チラリズムの極致。
かき立てられる想像力。
思わず目を
ぎらつかせてしまった。

異世界迷宮でハーレムを 11

▶ INTRODUCTION

▶ 5人目の奴隷

▶ **道夫**と**4人の奴隷たち**は、
神官や巫女《みこ》のジョブを取得するなどレベルを上げていき、
ついに道夫は冒険者のジョブを獲得する。
そして帝国解放会へ誘われた道夫は、
難題をクリアすることで、無事入会を果たすのだった。
奇妙な入会儀礼を終えると、
ハルツ公爵から入会祝いの宴に招かれる。
出向いてみるも、公爵はいきなり事態の急変を告げ、
道夫にある貴族への攻撃に参加するよう要請した。
そして、ついに5人目の奴隷が登場。
ルティナという名の美しい少女は、
道夫と浅からぬ縁でつながっていた。
「ミチオ殿……彼女をもらってくれ」

異世界迷宮でハーレムを

11

蘇我捨恥

ヒーロー文庫

異世界迷宮でハーレムを 11

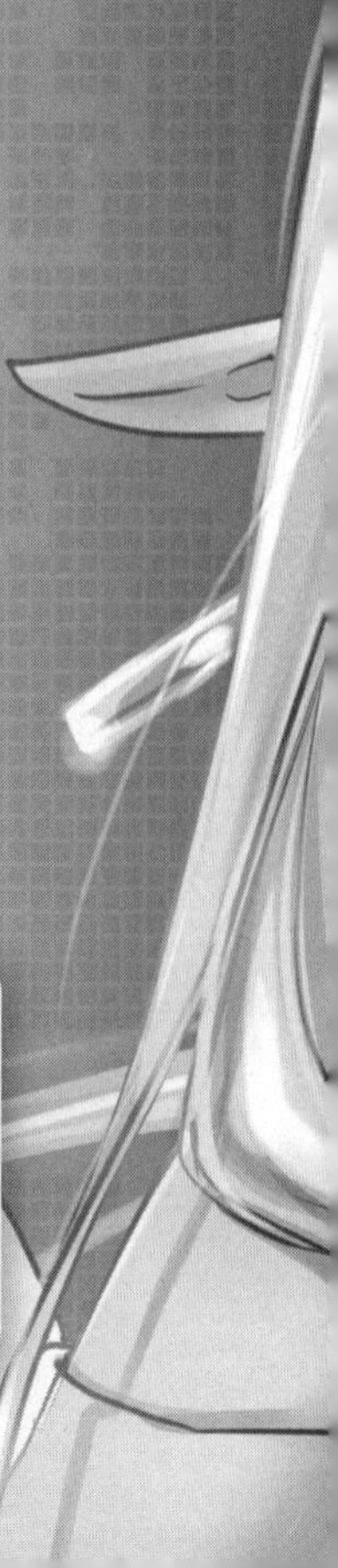

CONTENTS

illustration 四季童子

イラスト／四季童子
装丁・本文デザイン／5GAS DESIGN STUDIO
校正／鈴木 均（東京出版サービスセンター）
DTP／松田修尚（主婦の友社）

この物語は、小説投稿サイト「小説家になろう」で
発表された同名作品に、書籍化にあたって
大幅に加筆修正を加えたフィクションです。
実在の人物・団体等とは関係ありません。

第五十一章　冒険者

加賀道夫

現時点のレベル&装備

探索者	*Lv49*
英雄	*Lv47*
遊び人	*Lv42*
魔法使い	*Lv49*
神官	*Lv1*
装備	ひもろぎのロッド
	アルバ
	硬革の帽子
	竜革のグローブ
	竜革の靴
	身代わりのミサンガ

異世界迷宮でハーレムを

神官のジョブを獲得した。

異世界に来て、迷宮で魔物を倒す日々を過ごしているが、迷宮は上の階層へ進むごとに戦いを厳しくさせていく。

それに対処するために、全体回復魔法が使えるジョブを求めた。

現状の魔物との戦闘から考えて、全体回復が行えれば、そうそうひどいことにならないだろう。これで俺はまだまだ戦える。

また再び、ある程度苦しくなるまで階層を登っていける。

逆にいうと、上に行かなければいかなくなる。

連れて行こうとする人がいるので。

「無事にジョブを得たということは、次は三十六階層のボス戦ですか？」

その犯人が目を輝かせて尋ねてきた。

ここでノーと言える勇気があるだろうか。

「ま、まずはいろいろと確かめてからだな。今日はもう時間もないことだし、問題がないことが確認できたら、明日三十六階層のボス戦に挑もう」

「明日は一日、三十六階層のボス戦ですね」

問題がなければ、と条件はつけたはずだ。

そして、その言い方だと明後日は三十七階層のボス戦みたいじゃないか。

などと言ったら、みたいじゃなくて行くんです、と言われそうなので言わないが。

「そうですね。それがいいでしょう」

セリーよ、どの部分に賛成しているのか、ちゃんと明らかにしてくれ。

「はい、です」

「大丈夫だと思います」

大丈夫じゃないと思います。

明後日からが思いやられる。

つまり、明日のことはもうしょうがないということだ。

なるようにしかならん。

一日だけでも安息を長らえることができたと評価しておこう。

安息でなくて命かもしれないし。

この異世界では本当にそうなる可能性もある。

逆にいうと、いつか本当のピンチに陥る可能性もある。

そのとき、たらたら過ごしていたら後悔するかもしれない。もっと早く上の階層に進んで、ビシバシ鍛えていたらと。

上の階層へ行けば魔物は強くなる。強い魔物と戦えば、それだけ経験となり、こちらも強くなれる。

上の階層へ進むのは悪いことではない。

強くなるには鍛えるしかない。そうであるならば、より強い魔物と戦って、より早く鍛えることが最善の選択となる。

ロクサーヌの提案を拒否はできない。

「で、では三十六階層のボス戦は明日ということで」

結局乗るしかないわけだ。

このビックウェーブに。

その日は、適当に神官の全体手当てを試すなどして、終えた。

試すといってもなんということもない。

回復魔法だしな。

本当に試してみただけだ。

こんなものか、で終わりである。

深刻そうに、ふむ、とかつぶやけば、ロクサーヌもセリーも何も言ってこなかった。

あきれられていたのかもしれないが。

「そろそろ夕方ですね」

「じゃあ切り上げるか」

カナリアカメリアとのボス戦を終了する。

今日もカメリアオイルをたっぷりと収穫した。これだけは、いくらあっても余分ということがない。

「夕食の準備のほかに、板を用意してもらえますか」

「板？」

セリーが板を要求してきた。

どこか家に修繕箇所でもあっただろうか。

「板を原料に警策を作ります。ビープシープ対策です」

ラブシュラブのドロップアイテムである板のことか。

「警策？」

「先を平たくした木の棒です。一応は武器ですが、ダメージはまったくといっていいほど与えません。寝入ったとき起こすのに使います」

座禅中居眠りしたときなんかに使うやつだ。

確かそんな名前だったような気がする。

この世界に座禅はないかもしれないが、似たようなものなんだろう。

クーラタル四階層のボスはビープシープだ。ボスは三十三階層上の魔物となって再登場してくるから、三十六階層を抜ければビープシープが普通に出てくることになる。

ビープシープは、変な音を出してこっちを眠らせてくる魔物だ。

「なるほど。眠ったときにそれで起こすのか」

「全員分までは必要ないかもしれませんが、少なくとも二本、できれば三、四本はほしいですね」

それはもうほとんど全員分ではないだろうか。

まあ一本だけだと、持っている人が眠ってしまえばアウトだ。

少なくとも二本。二人同時に眠ってしまう可能性を考えたら、もっとあったほうがいいことは分かる。

作るセリーが作れというのだから、全員分でもなんでも作ってもらえばいいだろう。

ちょっと立ち寄りして、ラブシュラブから板を集めて帰る。

セリーに警策を作ってもらった。

平たい木の棒だ。

そこまで危険でもないだろうが、ちょっとは痛そうだ。

ハリセンが作れればよかったのに。

ピコピコハンマーとか。

途中まで見たら、あとはセリーにまかせて、俺は風呂を入れた。

カメリアオイルも用意する。

大量に集めるのは今日までだから、今日は使うべきだろう。

夕食の後、ぬらぬらと垂らしたカメリアオイルでオイルマッサージをしてもらう。

カメリアオイルは不安定にゆらゆらとぬめ光りながら、みなの体をねっとりと覆い、肌を滑らかにした。

妖しく濡《ぬ》れ光るオイル。

オイルをしたたらせながら、滑らかにすべる肌。

つややかな肌と滑らかなオイルが織り成すページェント。

柔らかな肌とぬめりのあるオイルとが繰り広げるタペストリー。

美しい肌ときらめくオイルのトルソー。

血行促進、疲労回復、食欲増進。

これを知らずしてなんの楽しみか。

これを知らずしてなんの人生か。

これを知らずして男の夢は語れない。

柔肌の　熱き血潮に　触れもみで

翌朝、元気百倍、迷宮を快進撃した。

元気百倍といってもオイルマッサージで元気百倍になった部分が元気百倍ではない。

な、何を言っているのか分からねえがそれくらい元気百倍だ。

スパイクスパイダーだろうがブサイクスパイダーだろうがコザイクスパイダーだろうがひとひねりよ。

クーラタルの迷宮三十六階層のボスはスパイクスパイダーという。

馬鹿でっかいクモの魔物だ。

高さは優にセリーの背丈を超える。

さらには、その前足を大きく持ち上げ、振り下ろしてきた。

迷宮の床に突き刺さって穴が開くのではないかと思われるほどだ。

恐ろしい。

あんな打撃を食らったのではひとたまりもない。

その攻撃を、さける、さける、ひたすらにさける。

ロクサーヌが。

さすがはロクサーヌだ。

とはいえ三十四階層からはボスが二匹。

もう一匹のスパイクスパイダーはどうしているかというと、こちらもベスタがきっちりと抑えていた。

スパイクスパイダーがいくら大きく、前足を高く持ち上げるといっても、背の高いベス

タにとって脅威となるほどではない。

ベスタが腕を伸ばせば振り下ろす前の前足に十分届いてしまう。

そこに、片手で一本ずつ持っている両手剣を持っていけばどうなるか。

スパイクスパイダーが足を上げ、振り下ろしてスパイクを突き立てようとしても、勢いがつく前にベスタの剣が待ちかまえている。

それでも相手は魔物だ。

なんとか隙を見つけては、無理やりにでも攻撃を行う。

そして、大柄なベスタに、前足が十分な速度に乗る前に受け止められてしまっていた。

下手をすると、前足を上げようとした段階で大きなベスタに上から押さえられる始末。

さすがベスタだ、なんともないぜ。

逆に、スピードが乗っていないため、こちらが剣で受けても向こうに与えるダメージは小さいというのが難点か。

まあそのくらいはどうでもいい。

攻撃を封じることさえできれば、あとはミリアの出番だ。

ベスタの横に回ったミリアが小さい攻撃をいくどとなく叩《たた》き込み、硬直のエストックでボス一匹を石化させる。

一匹止めてしまえば、残りの一匹はロクサーヌが相手をしているので安心だ。

ロクサーヌがボスの攻撃を回避し続けている隙に横からミリアが石化させてもいいし、俺の魔法で倒れるまで粘られてもいい。

ロクサーヌならそれくらい軽い軽い。

そもそも、ここに来ているのもロクサーヌの希望だしな。

ボス部屋は追加で魔物が湧くことがないから、どれだけ時間をかけても大丈夫だ。

結局、ミリアがもう一匹も石化させ、スパイクスパイダー戦は終わった。

「この分なら三十六階層のボス戦も大丈夫そうかな」

スパイクスパイダーだろうがモザイクスパイダーだろうがオイルマッサージの前では敵ではないのだ。

柔肌はモザイク越しよりオイル越し。

どうして威力の劣ることがあろうか。

「ご主人様と私たちならば、このくらいなんの問題もありません」

「特に問題はないと考えます」

「だいじょうぶ、です」

「大丈夫だと思います」

ロクサーヌについては何も心配していないし、もう一人正面で魔物の相手をするベスタが大丈夫だと言うのなら大丈夫だろう。

「それでは、セリーに作ってもらった警策を配る」

三十七階層に移動し、全員に警策を配布した。

平べったく細長い木の棒だ。

木刀ほどしっかりはしていないから威力もさほどないだろう。

「これですか」

「三十七階層からはビープシープが出てきますので、誰かが眠ってしまったらこれで起こしてあげてください」

ロクサーヌに続いてセリーに渡すと、セリーが警策を振りながら説明する。

あれくらい軽く振るなら攻撃力はほぼゼロだ。

「こうですか?」

ロクサーヌが警策の具合を確かめるように振った。

こらこら。

力を入れて振るんじゃない。

軍人精神注入棒じゃないんだぞ。

「はい、です」

だから振り回すものではないと。

「大丈夫だと思います」

大丈夫じゃないと思います。

ベスタが振ると風を切る音まで出ている。

片手で振っているのに。

もはや凶器だ。

そもそも、警策の平たい面を縦にして振っているのが間違い。

あれだと痛そうだ。

おまえら、そういうものじゃないから。

剣みたいに使うものじゃないから。

仕方ない。

ここは拙僧が見本を示すよりあるまい。

「愚禿《ぐとく》が使い方を教えて進ぜよう。ロクサーヌ、こっちへ」

「ハゲ？」

愚禿が変な翻訳をされたらしい。

ロクサーヌが首をひねりながら前に出た。

首をかしげるとイヌミミが揺れてかわいいな。

「愚禿ですね」

セリーがうなずいているところを見ると、言葉自体は似たようなものがあるようだ。

なんにせよ、ロクサーヌには反対側を向かせて立たせる。

「仲間が眠ったときには肩を叩いて起こす。警策を両手でしっかりと握り、ゆっくり振り上げてから、下ろす。このとき、濡れた雑巾を絞るように手首を内に回しながら振るのがコツだ。そして、肩の位置でピタッととめる。力任せに打ちつけてはいけない。それではかえって力をロスすることになる。では手本を見せよう。ロクサーヌ、いいかな」

説明が剣道の竹刀とごっちゃになっているが、まあいいだろう。

俺も警策なんて使ったことはないし。作法も分からないし使い方も知らない。

必要なのは雰囲気だ。

ぜんぜん分からない。俺たちは雰囲気で禅をやっている。

「はい。お願いします、ご主人様」

「ただ人惑《にんわく》を受けることなかれ。仏に会えば仏を殺し、祖師に会えば祖師を殺す」

なるべく重々しい雰囲気を作り、警策を振った。

一度ロクサーヌの肩に置いた後、振り上げて叩く。

パシーン、と大きな音が鳴った。

いい音だ。

「おお」

みんなも驚いている。

というか俺が驚いた。

こんなふうに鳴るものなんだ。

しかし、ここは驚かなかったことにしてごまかそう。

雰囲気は大切だ。

驚いてはいけない。

惑わされてはいけない。

他人に惑わされていけない。

仏と会って道を説かれたら仏を殺し、師と会ってものを教えられたら師を殺す。

臨済さん、いいこと言うねえ。

「全然痛くなかったのに、これだとばっちり目が覚めるような気がします」

「人に迷惑を受ける？」

ロクサーヌは警策を称賛し、セリーは俺の使った言葉の意味を考えていた。

ただの雰囲気なのに。

考えることはない。

というか、仏を殺せだと、ロクサーヌたちの場合、主人に会ったら主人を殺せ、にならないだろうか。

当然そうなるよな。

まったく。

臨済はろくなこと言わないな。

「南無阿弥陀仏」

重々しい雰囲気をかもし出すために、最後に両手を合わせて礼拝した。

中国の仏教は、日本のように天台宗、臨済宗、浄土真宗などと分かれておらず、全部が一体のままの念仏禅が今でも主流なので、寺院では僧侶同士が南無阿弥陀仏と言って挨拶《あいさつ》するらしい。

以前、香港映画の吹き替えで少林寺の僧侶が南無阿弥陀仏と挨拶していて、なぜそこで念仏を唱えるのかと思ったが、そういうことのようだ。

だからこれでいい。

雰囲気だ。

重要なのは雰囲気だ。

仏教の故国のインドでは、今日阿弥陀仏に敬礼することはないが、ナマステーと言って挨拶しているから、用法は一緒ということになる。

正しい雰囲気なのだろう。

「ナマムギダブツ？」

セリーが解読を試みているが、そういう、早口言葉か生麦事件で薩摩藩士に殺されたリチャードソンか、みたいな言い回しではない。

雰囲気だ。

あくまでも雰囲気だ。

意味はない。

考えるんじゃない。

感じるんだ。

「じゃあとりあえずビープシープを相手にしてみよう。実際にこれで目が覚めるかどうかは、やってみないと分からんしな。ロクサーヌ、頼む」

「はい」

どうせ実際のところはやってみなければ分からない。

三十七階層に移動して、魔物を相手取る。

ロクサーヌが案内したところに、ビープシープ三匹がいた。

いきなり三匹か。

この階層ではしょうがないのかもしれないが。

ロクサーヌのことだからつい疑念を抱いてしまうな。

まあ本気を出せば、ビープシープ六匹のところとかに連れて行きかねない。三匹だからまだまだ本気ではないということだ。

余計なことは考えるんじゃない。

今は魔物に集中しよう。

こちらからも接近しつつ魔法で迎え撃っていると、幸いなことにビープシープは立ち止まってスキルを使うことなく、一直線にやってきた。

幸いなことにというべきか、一度はスキルを受けてみるべきだろうから、不運なことにというべきか。

しかし三匹もいて代わる代わる眠らされたら結構ひどいことになるかもしれない。

幸いでいいだろう。

いや。幸か不幸か、そもそもそんなことを考えているのが間違いか。

日日是好日。

毎日が絶好の狩猟日和。

毎日が絶好調だ。

いいも悪いも、幸も不幸もない。

仏と会えば仏を斬《き》り、祖師と会えば祖師を斬るまで。

ビープシープの下に魔法陣も出るが、セリーがキャンセルする。

一度受けてもいいが、三匹いるので連発されたら困るという判断だろう。

魔物と会えば魔物を斬り、スキルと会えばスキルを斬るまで。

「やった、です」

そして、スキルを使えないビープシープはミリアが斬り捨てた。

一匹石化させただけだが。

とはいえ、一匹片づけば前衛が楽になる。

横に回ったミリアが猛攻でもう一匹を石化させ、残った一匹は全員でたこ殴りにして、やはり最後はミリアが石化した。

もうね。

魔物がかわいそうになるくらいだった。

物理攻撃はロクサーヌが悲しいほどに当たらせない。魔法攻撃に切り替えてもセリーがキャンセルする。横からはミリアが嫌がらせのような石化攻撃を執拗《しつよう》に繰り返し、背後からはベスタが二刀流でびたびたと叩く。

祭りの太鼓じゃないんだぞ。

「うーん。ビープシープも期待したほどではなかったですね」

ロクサーヌは何を期待していたのだろうか。

というか、ロクサーヌが期待するような魔物が出てきたら、俺たちは悲惨なことになると思うぞ。

「こ、今回はお試しで三匹しかいなかったから」

ミリアの石化で途中で終わってしまったし、最終的な評価は最後まで戦ってからにすべきだろう。

「それもそうですね。ちょっと行ったところに大きな群れがいますが、どうしますか」

「離れてるなら三十六階層へ戻ってボス戦でいい」

あわてて元の階層へ戻った。

大きな群れとか。

簡単に言っているが、絶対六匹いるだろう。

だまされないぞ。

そしてボス戦を行ってから、再度三十七階層に抜ける。

「さっきの敵が近くに来てますね」

ロクサーヌが嬉々《きき》として移動した。

結局こうなるのか。

敵と書いてエサと読む。

ちぃ覚えた。

そして、現れたのはやっぱり六匹の団体だった。

ドライブドラゴンまでいる。

全属性耐性持ちの反則野郎だ。

思ったとおりじゃないですか、やだー。

「やった、です」

一匹だけだったので、どうにかなったが。

というか、真っ先に排除されてしまったが。

「ろ、六匹でもなんとかなったな」

「さすがご主人さまです」

本当は、六匹だと大変だ、と言おうと思ったが、そんなことをしてもロクサーヌにあっさり否定されると学習したからな。

なんとかなっただけで楽勝ではない。

ようやくなんとかなった、ギリギリなんとかなっただけだぞ。

ギリだからな。

「しかし戦闘時間はやはり長くなったな」

「まだまだこの程度では」

やはりロクサーヌのお気に召す程度ではなかったらしい。

ロクサーヌの気に入るような魔物が相手ではこちらには死の危険が。

「そうですね。このくらいはしょうがありません。もっと長くなってからが勝負です」

セリーもそういう判断なのね。

まあセリーがそう言うのなら、これがこの世界の標準なんだろう。

魔物があふれている世界だからなあ。

「やる、です」

「大丈夫だと思います」

こんなもんかもしれない。

ような気がしてきた。

のは、この二人に引っ張られすぎだ。

もう少し危機感を持ってほしい。

「三十六階層に戻るか」

近くにエサはいないようだ。

こうして、三十六階層のボス戦を繰り返す。

三十七階層に抜けたときに戦う敵は、全耐性持ちのドライブドラゴンが厄介だとはいえそれほどは出てこないので、ミリアの石化でなんとかなった。

ドライブドラゴンが出てこないときはミリアの相手がビープシープになるので、スキルを使われることもなく、魔物を倒している。

誰かが眠ることはない。

警策の出番もない。

多数のビープシープと戦ったが、頻繁にスキルを使ってくるということはないようだ。

全体攻撃魔法と同程度か。

だから、いずれは浴びるだろうが、そこまで連発される恐れはないだろう。

ミリアの石化は普通に通用している。

状態異常攻撃を使ってくるからといって状態異常攻撃に耐性を持っているということはないようだ。

持っているなら睡眠耐性かもしれないが。

まあそんなちっぽけなことをぐだぐだと考えていてはいかんな。

心を鬼にして何も考えず、ただひたすらに魔物を狩るべきだ。

何も考えず。

何も思わず。

無《む》念《ねん》無《む》想《そう》、忘《ぼう》我《が》専《せん》心《しん》、明《めい》鏡《きょう》止《し》水《すい》の心意気だ。

考えるんじゃない。

実のところ、三十六階層のボス戦がメインなので、三十七階層での戦闘は今日はそんなに多くない。

何も問題はなかった。

考えず、無心に戦闘すればよい。

昼はただそれだけでよかった。

考えるんじゃない。

明日のことを考えると、夜は不安になったが。

こんなことでは一晩中眠れなくなってしまう。

地下鉄の車両をどうやって地下に入れたかも考えなければいけないのに。

幸い、やることはある。

考えるじゃない。

感じるんだ。

そして翌日が問題だ。

「まだまだですね」

三十八階層の魔物相手にそうのたまうロクサーム。

明日は三十八階層のボス戦なんですね、分かります。

「戦闘時間は長くなったが」

「いえいえ。もっといけます」

「まあ、苦しくなったわけではありませんしね」

ロクサーヌに加えてセリーまで。

「やる、です」

「大丈夫だと思います」

こっちの二人には元より期待していない。

まあ、戦闘時間が長くなった分ミリアは順調に魔物を石化し続けているし、魔物を見下しているかのように上から押さえ込む大柄のベスタは頼もしいとしか言えないが。

しょうがない。

何も考えず、戦うしかない。

一意専心《いちいせんしん》、一心不乱《いっしんふらん》、廓然無聖《かくねんむしょう》。

城郭の囲いのように広々としていて、聖だのなんだのということにとらわれることのない心意気だ。

三十七階層のボス戦を繰り返すため、三十七階層の雑魚的であるビープシープと戦うことも昨日より多くなった。

こいつらを無心に撃破する。

無念無想、只管打坐《しかんたざ》、非想非非想《ひそうひひそう》。

想いがあるのでもなく想いがないのでもない。

ただ戦う。

ひたすらに戦う。

考えるんじゃない。

……。

………………ハッ。

肩を叩かれて、目覚めた。

どうやら眠っていたようだ。

一心不乱すぎて、いつの間にか意識が飛んでいた。おそらくはビープシープによって眠らされていたのだろう。

恐るべきはビープシープのスキル。

「魔物は？」

開口一番、確認の言葉が出た。

「これで、さいご、です」

ミリアがピープシープを斬りつけながら答える。

ほかは全部石化したということか。

いや。ミリアはもう攻撃をやめたから、最後の一匹も石化させたのか。

文字通り全滅だ。

見る限り動いている魔物はない。

俺が寝ている間に。

「そうか。ベスタもありがとな」

警策を持って俺のすぐ後ろに立っているベスタにも礼を述べた。

ベスタが起こしてくれたのだろう。

警策は確かに目が覚める。

魔物に眠らされ、目が覚めたら戦闘が終わっていた。

何も考えず集中しすぎるのもよくないな。

起こす順番が間違ってないか、とも言うまい。

ただし、目覚めはすっきりさわやかだ。

爽快に起きられる。

警策で叩くと、人は結構あっさりと目が覚めるらしい。

さすがはセリーが作った警策だというべきか、武器アイテムだから当然というべきか。

職人が丹精込めて作り上げた逸品だ。

一家に一本ほしい。

まあ、短い時間しか眠っていなかったせいもあるかもしれないが。

長い時間寝ていたら、警策で起こされても寝ぼけるのかもしれない。

ビープシープで簡単に眠れ、警策ですっきりと目覚められるのなら、睡眠に障害を抱えている人にとっては垂涎《すいぜん》の安眠アイテムになるだろう。

魔物は飼いならせないので無理だとはいえ。

惜しい。

そんなビープシープとも時折戦いながら、三十七階層と三十八階層を往復して三十七階層のボス戦を繰り返す。

ビープシープともたまに戦うくらいならそうそう眠らされることはない。

警策の出番はあまりなく、戦闘を行った。

というか、俺は警策を一度も使っていない。

俺は基本的に後衛だから、眠らされたあと最初に魔物の攻撃を浴びて起こされるのは俺ではない。前衛の誰かになる。目覚めた人が魔物の隙を見て順次ほかのパーティーメンバーを起こしていくとしても、近くにいる前衛からになるので、後衛の俺を起こすのは後回しになる。

かくして、俺が起こされたときに眠っている人はいない、ということになるわけだ。

俺が真っ先に起こされないのは、あくまで俺が後衛だからである。

決して戦闘に必要ないから、というわけではない。

と思う。

ミリアがいればどうとでもなる、と思われているわけではない。

といいな。

実際、なんとかなりそうではある。

いや。ミリアが石化させた魔物は、俺が魔法やデュランダルで処理している。

つまり俺が必要だ。

戦闘が終わったあとでいいとはいえ。

しかも、そのときにMPも回復できるから、俺がデュランダルを出して前衛に出ることがなくなり、ますます俺が誰かを起こすことから遠ざかる、と。

まあしょうがない。

安定して戦えることが一番だ。

ただし、安定して戦えるのはいいが、そうなると連日階層を上がっていくことに。

安定して戦えるだけで戦闘時間は順調に延びていくし。

これは苦しい。

今までは遊び人のレベルアップに伴うこちら側の成長によって敵の強化も相対的に緩和されていた。

遊び人はまだ就いたばかりのジョブだし、レベルアップも早かった。

受けるダメージの大きさも、戦闘時間の長さも、それほど急激な伸びではなかった。

その遊び人のレベルがそろそろ上がりづらくなってきている。

毎日上がることはなくなった。

そうなると敵が強くなった影響をもろに受ける。

しかも毎日階層を上がっていく。

これで四十四階層まで行けるのだろうか。

「うーん。さすがに少し難しくないか」

「確かに速さはなかなかですが、それだけですね」

連日階層を上がっていき、四十階層に突入すると、相手はあのラピッドラビットだ。

素早く動く厄介な敵。

こちらの攻撃が当たらない当たらない。

そして向こうの攻撃は当たりまくる。

ロクサーヌ以外に。

ロクサーヌ先生はすべてさけておいでだ。自分以外の人にとっては大変だということを先生には是非分かっていただきたい。

こんなのが六匹も出てきたらどうなるか。

相当に大変な敵だろう。

「こちらの攻撃は魔法が主なので、よかったです」

セリーの分析のとおりでもあるのだが。

「当たる、ない、です」

そうなんだよ。

攻撃が当たらないのが問題だ。

ミリアの攻撃が当たらない↓石化が出ない↓数が減らない。

という非常に困ったコンボだ。

「攻撃はたいしたことないので大丈夫だと思います」

そんなに大型の魔物でもないし、攻撃は軽いというのがせめてもの救いか。

軽いというほど軽くはないが。

あいつら素早いから、ときどき前衛陣を抜けてこちらを攻撃してくるのが厄介だよな。

まあ、大柄で安定感のあるベスタにとっては軽かったのかもしれない。

手当てもいらないと断られたことがあったし。

お前がそう思うんならそうなんだろう。

お前ん中ではな。

「なんにせよ一番の問題は石化で数を減らせないということか」

「数なんて減らなくてもたいした問題ではありません」

「ミリアにはラピッドラビット以外の敵を相手にしてもらうのがいいですね」

「やる、です」

「大丈夫だと思います」

戦いは数だよ、ロクサーヌ。

やはり頼りになるのはセリーだけか。

セリーの意見のなんと合理的なことか。

「そうだな。ミリアが違う魔物を減らしてくれればいい」

「なるほど。ラピッドラビットと違う魔物がたくさんいるところに連れて行けばいいわけですか」

ロクサーヌが何か微妙な納得の仕方をしているが、大丈夫だろう。

これでラピッドラビット六匹なんていうところには案内しないだろうから。

大丈夫だよな？

信頼はおけないが。

実際にまかせてみたが、大丈夫だった。

このくらいならなんとかなる。

そうか？

なんかだまされているような気はする。

最初にラピッドラビット六匹という恐怖を想像させて、実際にはそれほどでもなかったでしょというパターンだ。

ラピッドラビット六匹に比べたら確かに大変ではない。ないが、四十階層の戦闘自体が楽かといえば、もちろんそんなことはない。

ただ比較して大丈夫そうだと思えるだけで。

やはり四十四階層まで一日一階層ずつ上がっていくのは厳しいのではないだろうか。

というこちらの懸念をよそに、階層が上げられていく。

もう少しこう、はっきり厳しいという戦いにならないと、俺としてもストップをかけることはなかなか難しい。

やる気になられておられる先生が一人いるので。

「やはり上に行くにつれ、大変になっていくな」

「今までがぬるすぎでした」

「ちょっと厳しくなってきたか？」

「いえ。まだまだこの程度では」

もうどうしろと。

むしろ、四十四階層で止まるんだろうか。

止められるのだろうか。

そっちが心配になってきた。

こうなっては仕方ない。

切り札を使うか。

「階層が上がって迷宮での戦いも厳しくなってきた」

ロクサーヌたちを前に説明する。

「いえ。ご主人様のおかげで楽をさせてもらっています。この程度ではまだまだ」

「こ、これからも上の階層に進んでいけば、ますます厳しくなるだろう」

「はい。楽しみですね」

ロクサーヌのその突っ込みはなんなの。

いや。負けてはならない。

本題はそこじゃない。

「今後も通常は今までどおり俺が回復役を務める。ただし、もっと上の階層に行けば、俺だけでは回復が厳しくなる事態も考えられる。そのときに備えて、みんなにも巫女《みこ》を経験してもらうことがあるかもしれない。回復役が複数いれば安心だしな」

「はい。やってみたいです」

ロクサーヌはやはり前向きだ。

「元々巫女になろうとしたこともあったので、巫女のジョブは魅力です。ただ、次の装備品を作っていくことを考えると、鍛冶師の経験も積んでおきたいのですが」

「セリーは鍛冶師、ミリアは暗殺者のジョブをメインでいくつもりだ」

「はい」

「やる、です」

そのやるは暗殺者をやるでいいのだろうか。

「私なら巫女でもいいと思います」

「ベスタの場合も二刀流との兼ね合いがあるからな。今のところ竜騎士をメインで行こうと考えている」

「はい。それで大丈夫だと思います」

やはり巫女にするならロクサーヌだ。

今ならレベルもあっという間に上がる。

いろいろと試してみればいいだろう。

「では、ロクサーヌのジョブを巫女にしよう。ロクサーヌのことだから心配はしていないが、最初は少し慎重に動いてくれ。なんなら、慣れるまで下の階層で戦うべきか」

そう。これが切り札。

これで勝つる。

「ありがとうございます。常に気を張って動いていますし、この階層の魔物ごときではなんの問題もありません」

「い、いや。とりあえず慎重にな」

「はい。もちろんです」

切り札になるのだろうか。

慣れるまでストップするべしという俺の思惑は。

「一応、全体手当ての呪文を教えておく」

「はい」

「あやまちあらば安らけく、巫女の祝《はふり》の呪《まじな》いの」

「えっと。あやまちあらば安らけく、巫女の祝の呪いの」

神官も巫女もスキルは同じだから、スキル呪文も同じだろう。

詠唱省略をはずして念ずれば全体手当てのスキル呪文は頭に浮かんでくる。

それをロクサーヌに教えた。

ロクサーヌの頭にも同様に浮かんでいるだろう。

ブラヒム語をなぜか自在に使いこなせる俺の出番だ。

「戦闘中に使うのは慣れないと難しいかもしれない」

「そうですね。回避しながらでは確かに少し難しいかもしれません。試してみます」

「慎重にな」

俺なんかは走りながら攻撃魔法を念じることにも困難を感じるからな。

まあやらせてみればいいだろう。

難しいと分かれば、慣れるまで上の階層へ行かないことに同意するはずだ。

ロクサーヌを巫女にして戦った。

回避も、動きも、まったく今までとそん色ない。

何もかも今までどおりだ。

というか、躊躇《ちゅうちょ》することもなく、魔物が五匹とか六匹とかのところにもバンバン連れて行くのはどうなんだ。

最初は慎重にと言っただろう。

「ああ。やっと来ましたね。私が」

そんな魔物の数の多いところに連れて行くから、ついに全体攻撃魔法を撃たれた。

やっとときたもんだ。

これが狙いだったのか。

「頼む」

「あやまちあらば……」

ロクサーヌがスキル呪文を途中まで口にする。

そこへラピッドラビットが突っ込んだ。

ロクサーヌは呪文を中断し、魔物の攻撃をさける。

回避しながらの詠唱はやはり難しいらしい。

「安らけくです」

「ありがとう、セリー。あやまちあらば安らけく、巫女の祝の呪いの」

呪文が分からなかったのか。

攻撃を回避するために中断したのではないらしい。

ロクサーヌがスキル呪文を口にする。

ラピッドラビットの次の攻撃を軽くかわしながら。

「やった、です」

回復が無事に行われると、ミリアが二匹無力化し、残った魔物も魔法連打で始末した。

「魔物相手に戦っているときでも問題なく全体手当てが使えますね」

「それは何よりだ」

「巫女のジョブを得るときに滝行《たきぎょう》をしました。それもよかったのでしょう」

セリーが口をはさんできた。

なるほど。巫女のジョブを持っているということは、ある程度精神統一ができるということだ。だから大丈夫だと。

うまくできている。

「確かに。魔物の攻撃全体を一つの流れとして捉えれば、なんの問題もありませんでした」

「な、なるほど」

滝行したくらいでさすがにそれは無理だと思うが。

少なくとも普通の人には。

ロクサーヌは変な能力に目覚めてしまったのかもしれない。

俺なんか攻撃魔法は立ち止まって撃っているのに。

いや。魔物を前にして戦っているときでもラッシュやオーバーホエルミングは使える。

スキルによって使いやすさに違いがあるのかもしれない。

そうに違いない。

全体手当ては簡単な部類なんだろう。

「これなら臆することなく上の階層へ進めますね」

「そ、そうか」

少しは臆してほしい。

「むしろ、全体回復魔法の使用感を確かめるためにももっと上の階層で戦うことを考慮に入れるべきかもしれません」

階層が上がるのをストップさせられるかもしれないという俺の野望を微塵《みじん》に打ち砕いてくれてありがとう。

やはり無理だったよ。

「ま、まあ、すぐに上がっていくだろう。次はどっちだ」

「はい。こっちですね」

こうなったらセリーだけが頼りだ。

「さすがはロクサーヌさんですね」

そのセリーもこんなことを言っているだけだし。

こっちは君の活躍に期待しているのだよ。

「やった、です」

あ、はい。

戦っている時間が長くなると、ミリアの活躍が増える。

ビシバシと敵を石化させていく。

二匹しか出てこないボス戦などは特に顕著だ。ボス二匹の正面はロクサーヌとベスタが受け持つので、ミリアは横から自在に斬りつけるだけだし。ほとんどボーナスステージと言っていい状態だろう。

それなら、上の階層に進んでいいという判断に傾くのも理解できなくはないか。

いかん。

感化されている。

これは違うんだ。
上に進むのに慣れてしまったというわけではない。
危機感がないわけではない。
違うんだ。
逆に考えるんだ。
上に進んじゃってもいいさ、と考えるんだ。
そうすると何かいいことがあるのか。
ある。

冒険者　Lv1
効果　体力中上昇　精神小上昇　器用微上昇
スキル　アイテムボックス操作　パーティー編成　フィールドウォーク

冒険者のジョブを獲得した。
やはり探索者Lv50が取得条件のようだ。

ほかにも何かあるのかもしれないが、それは達成していたのだろう。フィールドウォークで移動したことがあるとか。せいぜいそんなところのはずだ。

ついに上級職の登場か。

ここまで長かった。

いや。長いといえば長く、短いといえば短いか。この世界の人たちはもっと苦労して冒険者になっているはずだから。不服は言うまい。

これでインテリジェンスカードのチェックを恐れる必要はなくなった。

俺は大手を振ってこの世界で生きていける。

ハルツ公爵だろうがなんだろうがどんとこいだ。

ただし、冒険者は上級職の割にスキルがしょぼい。

探索者と変わらない。

ダンジョンウォークがフィールドウォークになっただけだ。

上級職にさほど期待は持てないか。

探索者のほうもLv50になったからといってスキルや効果が増えたりはしていない。そういうことにはならないようだ。

結局、違いは効果だけか。

効果のほうは、結構いいものになっている。

探索者との効果の違いは大きい。

効果はパーティーメンバー全員に効いてくるから、パーティーメンバー全員を上級職にすれば、かなり違ってくるだろう。

ロクサーヌたちが上級職になるのは、まだまだ先だろうが。

必要経験値減少のスキルがある俺以外は、どうしても時間はかかる。しょうがない。

シックスジョブまで増やし、冒険者をつけた。

冒険者のアイテムボックスは、聞いたとおり五十種類×五十個か。

これはレベルにかかわらず固定なんだろう。

アイテムボックスの大きさが固定なのは料理人なんかもそうなっている。セリーの鍛冶師もそうだ。

フィールドウォークが迷宮内で使えないかどうかは、確かめてはみたいが今やることでもない。

多分失敗するのに、セリーの目が怖い。

そのうち試せばいいだろう。

冒険者は、普段は使用せず、インテリジェンスカードのチェックがありそうなときだけ設定するという手もあるが、効果の大きさを考えれば普通に育てるのがいいと思う。

英雄、遊び人、魔法使い、神官ははずせないので、冒険者を足すにはジョブの数を増やすのがいい。

ボス戦で博徒を使うときにはセブンスジョブまで拡張する必要があるな。

あるいはボス戦だけ冒険者と入れ替えるか。

探索者の扱いをどうするのがいいかは、悩ましい。

スキルを考えれば、冒険者との入れ替え一択だ。

ただし、インテリジェンスカードのチェックがあるときは冒険者をファーストジョブにする必要があるから、冒険者のアイテムボックスは空にしておかなければならない。

そうなると探索者のアイテムボックスを使うことになるから、探索者も必要だ。

ファーストジョブのレベルはボーナスポイントに直結するので、レベルの低い冒険者をファーストジョブにする手は現状ない。

冒険者のレベルがすぐに上がってくれれば問題はないが、しばらくは差があるだろう。

何をファーストジョブにすべきか。

探索者以外で一番レベルが高いのは魔法使いだが、魔法使いをファーストジョブにするのは遊び人の魔法スキルの運用上困る。

複数のジョブが持っている魔法スキルは、前のほうのジョブから発動する。

一つしかスキルを持てない遊び人を先に、四つの属性魔法を持っている魔法使いをあとに設定することが有効だ。

遊び人はまだレベルが低い。

考えてみれば、遊び人をファーストジョブにすればインテリジェンスカードチェック対策になりそうだが、遊び人自体が珍しいジョブなのでそうでもないのか。

博徒もレベルが低い。

となると、英雄Lv47をファーストジョブに持ってこなければならない。

英雄か。

微妙に不安があるよな。

インテリジェンスカードチェックのときには入れ替えればいいが、鑑定持ちがいる可能性や、ほかに何かジョブをチェックできるスキルがあるかもしれない。

人の目が気になりそうだ。

もっとも、今はそれよりもよいことがある。

冒険者のジョブを得たので、大手を振ってハルツ公爵のところに行けることになった。

呼ばれてはいたので、いつかは行く必要がある。

冒険者となった今なら怖いものなど何もない。

はずだ。

多分。

おそらく。

まあ大丈夫だろう。

何か頼まれるかもしれないが、それもいい。

公爵からの頼みだといえば、ロクサーヌを抑えられる。

そういう下心もある。

ボーデの迷宮に入ってくれと言われるかもしれない。

あまり最先端での探索はしたくないが。

とはいえ、入るだけならばどの階層でもいい。三十四階層くらいでお茶を濁しておく手もあるだろう。

階層までは指定されないはずだ。

どの階層に入っているか簡単には分からないし。

「朝食のあと、ボーデに行ってこようと思う」

「分かりました」

ロクサーヌたちに言い置いて、ボーデの城に行く。

「団長らは奥にいます」

相変わらず勝手に中に進んだ。

執務室のドアをノックする。

「入れ」

「ミチオです」

「おお。ミチオ殿か。よく来られた。ゴスラーもおっつけ参るだろう」

「はい」

中に入った。

公爵が一人で執務机のイスに座っている。

今日はゴスラーはいないらしい。緩衝役のゴスラーがいないのは嫌なのだが。

「まあゴスラーがいなくても問題ない。来てもらったのは、一度ミチオ殿のパーティーを招いて食事をしたいと考えておる。いかがか」

食事の誘いか。

そんな用件だったのか。

「食事ですか」

「ゴスラーが褒めていたパーティーメンバーにも会ってみたいしな」

あちゃ。

そういえば公爵はロクサーヌに目をつけていた。

諦めてはなかったのか。

「食事の作法など分かりませんが」

「作法など謁見の場でなければ問題にならぬ」

逆にいえば謁見の場では問題と。

「うちのパーティーメンバーは」

「かまわぬ。冒険者の流儀は存じておる。当家でも奴隷は抱えておるしな」

奴隷でも問題にならないのか。

公爵と奴隷が一緒に食事をしていいのだろうか。

当の公爵がいいと言うのだからいいのだろうが。

「さようですか」

「問題はないはずだ。是非パーティーメンバーも紹介してもらいたい」

あちゃあ。

これは完全にロックオンされているようだ。

もう逃げられないじゃないですか、やだー。

阿茶の局《つぼね》も茶阿の局も徳川家康の側室だが、ロクサーヌは差し出さないぞ。

「まあ紹介だけなら。紹介だけならば」

大事なことなので。

「ミチオ殿にはいろいろと世話になっておる。パーティーメンバーを招いて食事するくらいは当然のことだろう」

「はあ」

正論といえば正論だ。

断りにくい。

助けて、ゴスラえもん。

「今宵の夕餉《ゆうげ》などはいかがか」

早すぎだろう。

相変わらずせっかちだ。

「準備などもあるので」

「そのまま普段着で来てもらえば問題ない。なんの準備もいらぬ」

「そうは申しましても」

なんとか延ばせないだろうか。

先送りだ。

先送りでいい。

それでいいことがあるかどうかはともかく。

悪くなることはない。

ポックリ逝くとか。

公爵も迷宮に入るので可能性はある。俺のほうが危なそうだ。

「本当に何もいらぬ。身一つで来てもらえばよい」

「いえ」

「まあさすがに今日の今日は無理か。明日か。しかし明日ではカシアの予定がどうだったか。確か伯爵夫人との会合が」

公爵がつぶやく。

カシアも食事に参加するのか。

こっちは五人だから向こうも公爵一人ということはないのだろう。

夫婦でもてなすものかもしれない。

カシアと一緒に食事するのなら断ることはない。

むしろ一緒に食事したい。

食事するくらいなら問題はないし、なんとかなるはずだ。

それに、正妻の前でロクサーヌを求めたりはしないだろう。

「分かりました。それほどまでに誘われるのであれば」

「受けてくれるか」

「失礼します」

食事の誘いを受けると、ドアが開いてゴスラーが入ってきた。

遅いよ。

公爵の無理難題は聞いたあとだ。

「ゴスラー。ミチオ殿が食事の招待を受けてくださった。今宵だ」

「きょ、今日ですか」

ゴスラーがなぜか恨みがましい目で見てくる。

「うむ」

「……分かりました。なんとか準備をさせましょう」

「頼む」

今日の夕食に招待するというのは、前から考えて用意していたわけじゃなく、とっさの思いつきか。

公爵が勝手に言い出したのだろう。

無理難題は終わってなかった。

こちらに対する強要でなく、ゴスラーに対しての無理強いだが。

「今日の帝都での会合、私は欠席ということでよろしいですね。ミチオ殿との夕餉に私も出ますので」

「そうだな」

ゴスラーも食事に参加するようだ。

いてくれたほうがいい。

なにしろこの公爵だからな。

「それではミチオ殿、すみませんが準備や段取りがありますので、私はこれで」

今回もゴスラーに試練が与えられたようだ。

予定のキャンセルに夕食会の準備に。

やはり苦労人だ。

君はいい友人だったが、君の上司がいけないのだよ。

「そうか。悪いな」

軽いな、公爵。

「申し訳なく」

一応俺も頭を下げておこう。

俺は全然悪くないと思うが。

「いえいえ。ミチオ殿はお気になさらず」

「ではミチオ殿、今日の夕方にでも来てくれ。早くてもかまわん」

絶対早くは来ないようにしよう。

「私もこれで」

ゴスラーに続いて、俺も公爵の執務室を出る。

いつまでもこんなところにいられるか。俺は家に戻るぞ。

「おかえりなさいませ」

家に帰ると、ロクサーヌたちが迎えてくれた。

「ハルツ公より今日の夕食の招待を受けた。だから夕飯の準備はせず、ぎりぎりまで狩りをしていいぞ」

ロクサーヌにこう言っておけば、早く公爵のところに行くことはないだろう。

こういうのはいつぐらいに訪ねればいいものなんだろうか。

約束の時間があったとしても、時計もない。

ボーデはクーラタルより北にあるので、多分日没は遅い。

早くは行きたくないし、向こうにも準備があるからあんまり早く行くのは駄目だという話は聞いたことがある。

まあ、よく分からないことは丸投げだ。

何かあれば常識人のセリーが言ってくるだろう。

「分かりました。では、私たちは適当にすませますね」

ロクサーヌは勘違いしているようだ。

「いや。招待されているのは全員だ」

「私たちもですか。よろしいのですか？」

「向こうが来いと言うのだし」

というか、公爵の目当てはロクサーヌだし。

「ハルツ公というのは、貴族様ですよね」

「そうだな」

「貴族でも奴隷を持つことがあるそうです。奴隷と一緒に食事をするのは禁忌ではないのかもしれません」

ロクサーヌの疑問をセリーが解説してくれる。

さすが常識人。

説明が公爵と一緒だ。

「そうらしいな」

「貴族だから、早めにうかがうべきかもしれません。本人は別に忙しくないでしょうし。ぎりぎりまで迷宮にいるのは、よくないのでは」

訪問時間もやはりセリーが指南してくれた。

ぎりぎりは駄目か。

早く行きたくはないのだが。

確かに、準備するのはどうせハルツ公爵本人ではなく使用人だ。ゆっくり行くと本人を待たせることになってよくないかもしれない。

セリーの言うことはいちいち説得力があるな。

丸投げで正解だ。

「分かった。その辺はまあまかせる」

「大丈夫なのでしょうか」

俺もロクサーヌと同様心配は心配だ。

少し違う意味で。

「決意と気合があれば大丈夫だろう。気合だ」

「気合ですか」

「ロクサーヌは絶対に手放さない」

「えっと。はい。ありがとうございます」

大丈夫だ。

覚悟があれば公爵も無茶は押し通せまい。

恐るるに足らず。

第五十二章　帝国解放会

ロクサーヌ

現時点のレベル&装備

巫女　*Lv8*

装備　レイピア
鋼鉄の盾
竜革のジャケット
耐風のダマスカス鋼額金
硬革のグローブ
柳の硬革靴
身代わりのミサンガ

異世界迷宮でハーレムを

昼は相も変わらず迷宮で戦い、夕方、準備を整えるとボーデの城にワープした。

ファーストジョブは冒険者にしてある。

もはやなんの不安もない。

「すぐに団長を呼んでまいります。少々お待ちください」

ボーデの城に着いたら、すぐに声がかかった。

いつもと違う。

いつもなら、勝手に中に入れと言われるのに。言われるどころか、手と態度で示されるだけのこともあるのに。

会食に招待されたので扱いが違うのだろうか。

いや。今日は俺一人じゃないからか。

知っている人間が連れてきたとはいえ、氏《うじ》素《す》性《じょう》の分からない者をすぐに公爵に会わせるわけにはいかない。

「ミチオ殿、よくみえられました。こちらへおいでください」

ゴスラーがやってくる。

さすがに腰の軽い公爵でも今日は出てこないようだ。

騎士団の危機管理はなかなかのものらしい。

公爵は案内された大きな部屋にいた。

ほかに騎士団員っぽい人も控えている。

綺麗《きれい》な板張りの何もない部屋だ。

「ミチオ殿、よくまいられた」

「本日はお招きにあずかりまして」

「よいよい。堅苦しい挨拶《あいさつ》は抜きだ」

「は」

やはり公爵は公爵か。

「彼女らがミチオ殿の？」

「はい。パーティーメンバーのロクサーヌ、セリー、ミリア、ベスタです」

四人が公爵に向かって頭を下げた。

「余がハルツ公爵である」

「はい。よろしくお願いします」

ロクサーヌが代表して挨拶する。

「ふむ。ミチオ殿は四人しか連れてこなかったのか」

「パーティーメンバーなので」

「親でも兄弟でも知り合いでも連れてきてよかったのだが」

「あー。なるほど」

いぶかしんでいる公爵に話すと、公爵がその理由を説明してくれた。

実際に一緒に戦っているパーティーメンバーでなくても六人そろえて来ればよかったということか。

せっかくの会食なのだし、普通はそうするのだろう。

一緒に迷宮に入っているメンバーかどうかなんて分からないわけだし。

もっとも、俺には連れてくるような人間がいない。

変なメンバーを連れてきて変な行動でも取られたらたまらない。

「やはり遠くの出ということか」

公爵がつぶやいた。

なぜ俺が遠くから来たことを知っているのか、と思ったが、ルークか。

あまり変な探りは入れるなとルークには俺の出身は遠方だと言っておいたのだ。

それが公爵の耳に届いているらしい。

壁に耳あり障子に目あり。

情報が早い。

それで本日の誘いになったと。

公爵には、俺と地元の領主騎士団との関係を匂わせていた。

誘われるのも嫌だったし。

しかし、遠くの出身だというのなら、地元とのつながりは怪しい。見聞を広めてすぐに帰るならともかく、ずうっと迷宮で戦っているのだし。

ゴタゴタがあって地元から出てきたのなら関係も切れるだろう。

公爵の狙いはロクサーヌではないのかもしれない。

「彼女が、私が立会人を務めたときに戦った女性ですね」

微妙な空気を読んだのか、ゴスラーが割って入る。

さすがは苦労人。

ゴスラーがいてくれてよかった。

しかし、やはり本命はこっちか。

ゴスラーもロクサーヌのことを忘れてないし。

ついに来た。

「彼女がロクサーヌです」

「隙のない身のこなし。さすがに強そうだ」

改めて公爵にロクサーヌを紹介すると、お褒めの言葉が返ってくる。

そうなんだろうか。

強いと思って見るから、強く見えるのでは。

ハーロー効果ってやつだ。

「はい。見事なかまえです」

ゴスラーまでがだまされている。

ゴスラーはロクサーヌの戦いを見ているが。

というか、別に立ってるだけじゃね？

「余の攻撃では当てられないかもしれん」

「彼女の強さは特筆すべきものです」

そういうものなんだろうか。

分かるのだろうか。

「そちはどうだ？」

「は。恐れながら、一度手合わせさせていただければと」

「ミチオ殿、いかがか。この者は余の騎士団の中で最も腕が立つ。一度彼女との手合わせを願いたいが」

公爵が騎士団員の一人と話し、その男がロクサーヌとの手合わせを求めた。

男のジョブは公爵と同じ聖騎士だ。

多分、ゴスラーのパーティーにいた聖騎士だろう。

ハルツ公騎士団の最精鋭といったところか。

やつは四天王の中でも最強。

「いえいえ。とても相手になるとは」

「訓練用の木剣を使わせるし、危険なことはない」

「ご主人様、私も手合わせしてみたいです」

おまえもか、ロクサーヌ。

どうやら手合わせは避けられないようだ。

騎士団員によって木剣が何本か用意される。

ここでやるのか。

確かに、何もない広い部屋ではあるが。

公爵はロクサーヌに試合をさせるためにこの部屋で俺たちを迎えたのだろうか。

抜け目がない。

最初からそのつもりだったんじゃねえか。

ロクサーヌも腰のレイピアをはずし、セリーに預けている。

完全にやる気だ。

「無理して怪我《けが》などしないようにな」

しょうがないので許可を出した。

本人がやると言っている以上、止める理由がない。

「はい。ありがとうございます」

ロクサーヌが木剣を選ぶ。

片手剣だ。

木の盾も騎士団のほうで用意してくれた。

ロクサーヌと聖騎士が部屋の中央に出る。距離をおいて向かい合った。

「では」

聖騎士が一声合図をして駆け寄る。両手で持った木剣を振り下ろした。聖騎士のほうは両手剣か。

ロクサーヌが剣を合わせて受け流す。

間髪を入れずに次の一撃が飛んできた。

ロクサーヌはわずかに上半身をそらせてかわす。

その後も聖騎士による怒《ど》濤《とう》の攻撃が続いた。

聖騎士が剣を振り回す。

右から左へ、左から右へ、右上から左下へ。

今度は左上から右下に斬り下ろし、そのまま反転して右下からなで上げる。

結構早く、それ以上に力強い攻撃だ。

ロクサーヌはそのすべてを最小限の動きでかわした。

かわす、かわす、空振りさせる。

肩や腰、ときには足を使い、ミリ単位の正確さで剣の軌道からそれる。
ロクサーヌも剣を突き出すが、聖騎士が弾《はじ》いた。
弾いた勢いで聖騎士が大きく踏み込む。
胴をなで斬りにした。
ロクサーヌは測ったかのように同じだけ下がってかわす。
聖騎士の剣が空を切った。
「それまで」
公爵の声がかかる。
終わったか。
俺は安堵《あんど》の息を吐いた。
試合時間はあまり長くなかったと思う。
緊張で短く感じたのかもしれないが。
攻撃を完璧にかわしきったから、ロクサーヌの実力は分かったということだろう。
何もなく、怪我もなく終えてよかった。
「ありがとうございました」
「ありがとうございました」
二人が後ろに下がり、剣を収める。

ロクサーヌはすぐにこちらにやってきた。

「ロクサーヌ、よくやったな」

「はい。ご主人様に恥をかかせずにすみました」

別に負けてくれてもよかったのだが。

公爵に目をつけられるくらいなら。

「ミチオ殿、よいパーティーメンバーをお持ちだ」

「自慢のメンバーです」

「さすがはミチオ殿のパーティーメンバーということか。最後は完璧にかわされて体勢が崩れておったからな。情けをかけてもらった」

公爵が声をかけてくる。

ロクサーヌは渡さないぞ。

「いえいえ」

「強かった。ゴスラーの言うとおりだったな」

原因はゴスラーだったのか。

「さすがでした。みなにも勉強になったでしょう。閣下、そろそろ」

「そろそろ食事の準備も整うころだろう。参られよ」

しかし、何か言われるかと思ったが、ゴスラーが声をかけると公爵も同意し、真っ先に部屋を出ていった。

ロクサーヌがほしいとか言い出さないようだ。

よかった。

これもゴスラーのおかげだろうか。

俺たちも公爵のあとに続く。

廊下を進み、公爵が扉を開けさせると、ホールのような広い部屋が現れた。

部屋の真ん中にでかいテーブルが置かれている。テーブルの上には、いくつもの料理がところせましと並べられていた。

部屋に入ってすぐのところに、カシアと、その両脇に二人の女性が控えている。

夕食会のせいか今まで会ったときよりも少しめかしこんでいるようだ。

美しい。

「お待ちしておりました。ようこそおいでくださいました」

俺たちが入っていくと、カシアが頭を下げる。

明るい水色のドレスだ。よく似合っていた。

カシアなら何を着ても似合いそうだが。

ローブ・デコルテみたいな露出のあるものではないが、そういうのが正装というわけでもないのだろう。

両脇の二人もほぼ同様のドレスだ。カシアを引き立てるかのようにシックな、紺のドレスとエンジのドレス。

二人も美人のエルフだが、カシアの美しさは一つ抜けている感じがする。

「ミチオ殿のパーティーメンバー、ロクサーヌ、セリー、ミリア、ベスタだ」

公爵が名前を言った。

あら。

すげえな、公爵。

さっきので覚えたのか。

ロクサーヌはともかく、他の三人は一回しか名前を言っていないはずだ。実は鑑定でも持っているのだろうか。

田中角栄という人は、すべての国会議員の顔と名前と選挙区と当選回数、またキャリア官僚の入省年次を記憶していたという。

覚えておけば、当選回数が何回ならばそろそろ大臣、省に入ったのが何年ならそろそろ局長、次官レースは誰と誰がライバル、というのがすぐに分かる。

政治家田中角栄にとって必須の情報だったのだろう。

それと似たようなものか。

人の名前を覚えるのも、貴族に必要な能力なのかもしれない。

公爵が続いてカシアと両脇の二人を俺たちに紹介する。

「余の妻のカシア」と強調したように思えたのは、気のせいだろう。

両脇の二人のうちの一人はゴスラーの奥さんらしい。

「剣をお預かりいたします」

城の使用人らしき人が声をかけてきた。

全員が渡す。

ゴスラーも剣を渡した。

公爵は、テーブルの向こうに回り、護衛の人に剣を預けている。

「ミチオ殿も皆も、座られるがよい。まずは食事にいたそう」

公爵がイスに座った。

テーブルの向こう側の左端のイスだ。イスは片側に六個ある。パーティーメンバー用ということだろう。

ということは多分、俺は公爵の向かい側に座るべきだ。

公爵の対面に座った。

俺の隣にロクサーヌ、以下セリー、ミリア、ベスタと並ぶ。

向こう側は、公爵の隣にカシア。

その隣にゴスラー、ゴスラーの奥さんと並んだから、俺の判断で合っているだろう。

セリーも何も言ってこないし。

「お飲み物はお酒にいたしますか」

使用人が恭《うやうや》しく聞いてくる。

「ハーブティーか何かがあれば」

「かしこまりました」

酒はまずい。

酔って変なことでも言い出したら大変だ。

城の使用人は全員に飲み物を尋ねていく。

こっちはセリー以外は酒にしないようだ。

「それでは、ミチオ殿とそのパーティーメンバーを招いての饗宴《きょうえん》を始めたい。よくいらしてくれた。今日は存分に食べ、楽しんでもらいたい」

公爵の挨拶で夕食会が始まった。

料理は、随時運ばれてもくるが、最初に置かれてあったものがメインのようだ。

できたてアツアツのものより、スタート時における見た目の豪華さ重視ということだろうか。

魚料理もあるのでミリアも安心だ。

ロクサーヌは、向かい合ったカシアと無難な世間話をしている。

近所のおばさんがどうしたとか。

それ、金物屋の人だよな。

これなら問題なくすみそうか。

「みなさまにはノルトセルムの迷宮に入っていただけたようで、感謝しております」

問題あった。

カシアが礼を述べたが、これはやばいやつだ。

ノルトセルムの迷宮には入っていない。公爵が入るなと言ったので。

「この料理などおいしいのではないか」

あわてて公爵が口をはさんでくる。

「これは？」

俺も乗っておこう。

カエルの解剖標本みたいな料理だ。

そのまま焼いただけの。

「今日のために用意したつぐみの丸焼きだ」

「おもてなし用の高級料理ですね。最高級の食材とされています」

公爵が答え、セリーが教えてくれた。

よし。話題はそれたな。

「へえ」

両生類じゃなくて鳥類だったのか。

ゴスラーはナイフも使わずに手で持ってかぶりついていた。

丸かじりするものなのか。

俺も食らいつく。

魚醤《ぎょしょう》のタレを使った焼き鳥という感じだ。軟らかい肉が口の中でほぐれた。

なかなかの味だ。

ただしあまり食いではない。

骨ばっかりで。

本当に丸焼きだ。

「マーブリームが二十二階層の魔物である迷宮ですか?」

ロクサーヌ、話を戻すな。

「マーブリーム、です」

ミリアも参加するな。

「そうです。あそこの二十二階層あたりは厳しいです。街から離れていることもあって、それで人気がないのですから。特に組み合わせが」

「組み合わせですか」

話が危険な方向に向かいつつあるような気がする。

「フライトラップ、ピッグホッグ、マーブリームですからね」

セリーがフォローを入れた。

そういえば、二十二階層の魔物だけじゃなく下の階層の魔物までノルトセルムの迷宮と同じところに入ったんだよな。

セリーのおかげだ。

これでセーフ。

「マーブリームやピッグホッグ程度を恐れているようではいけませんね」

「らくしょう、です」

「ノルトセルムの迷宮は二十三階層もよくないのです」

そこまでは考えてなかったぞ。

カシアもしつこいね。

まあカシアにとっては、今日は故郷の迷宮に入ってくれたお礼のようなものなのかもしれない。それは話題にする。

「この料理もどうかな」

「あそこは二十三階層のせいでほんとに人気がなくて」

ハルツ公爵が話題を振ってもあっさりスルーしている。

「そういえば、二十三階層では戦っていませんね」

「いえいえ。二十二階層に入っていただけただけでも」

「二十三階層の魔物がドライブドラゴンだったので、戦っていないのです。あまりお役には立てなかったかと。申し訳ありません」

セリーが謝る。

確かに、ノルトセルム迷宮の代わりに入ったザビル西の森の迷宮では二十三階層で戦闘をしていない。

あれはそういう意味だったのか。

多分ザビル西の森の迷宮二十三階層の魔物はドライブドラゴンではなかったのだろう。

もし戦っていたら、ノルトセルムの迷宮に入っていないことがここでばれた。

ノルトセルム迷宮との違いを極力少なくするために、理由をつけてザビル西の森の迷宮二十三階層では戦わなかったと。

さすがはセリーだ。

公爵はセリーに感謝すべきだな。

「それでもありがたいことです」

「セリー、今日は少し飲んでもいいぞ」

「はい」

セリーも乗ってきた。

「やはりいける口なのか。そうだな。よい酒がある。あれを開けるとしよう」

「いい酒ですか？」

「うむ。この間たまたま手に入れてな」

「あれですね」

「楽しみです」

公爵が酒の話を振ったことで、ノルトセルム迷宮の話はうやむやになった。

これで大丈夫だろう。

やはり公爵はセリーに感謝すべきだ。

「ミチオ殿、少しよろしいか」

テーブルの上の料理も減ったころ、公爵が立ち上がった。

手にコップだけを持っている。

俺もハーブティーの入ったコップを持って立った。

横のほうに連れて行かれる。

ついに来たか。

やはりただの食事会ではすまなかったか。

「なんでしょう」

「ミチオ殿は帝国解放会というのを知っておられるか」

「いいえ」

何かの怪しい地下組織みたいな名前だ。

公爵も声を落としている。聞かれたらまずい組織なんだろうか。

「迷宮に入って戦う者の相互扶助を目的とした団体だ。迷宮や魔物からの解放を目指しておる」

「なるほど」

それで解放会か。

帝国からの解放を目指す組織というわけではないようだ。

「皇帝に直属する帝国騎士団の母体ともいえる。その帝国解放会に、ミチオ殿を誘いたいと考えておる」

「帝国解放会にですか」

「迷宮に入って功を立てようとするならば、入っておいて間違いがない。パーティーメンバーの実力も見させてもらった。ミチオ殿ならば、余も自信を持って推薦できる」

ロクサーヌに試合をさせたのはそのためだったのか。

ロクサーヌがいれば推薦しても恥はかかないと。

確かにロクサーヌだし。

「実力がいるのですか?」

「迷宮で戦う者の相互扶助が目的だ。戦えない者を入れても仕方あるまい」

「それはそうですね」

「帝国解放会に入ればさまざまな援助を受けられる。任意だが入っている迷宮を伝えれば、迷宮を倒したときにすんなりと承認を得られやすい。帝国解放会では装備品の売買も行っている。また、迷宮に関する情報などを得ることもできよう」

公爵が推してきた。

いろいろとメリットはあるようだ。

まあそうでなければ誰も入らないだろう。

装備品の売買というのは魅力かもしれない。

武器屋にはオリハルコンの剣などは置いてない。オークションは、ルークを通しての入札では空きのスキルスロットの確認が難しい。

「装備品の売買ですか」

「売買には多少の制限もあるがな。入会したことでデメリットが生ずることはない。義務や禁則事項もほとんどない。すべての人々の解放を目指しているので異種族に対する差別が禁止されているが、これはミチオ殿なら問題はあるまい。その他には、会で得た情報やメンバーについての守秘義務が課せられることくらいか」

少しは禁則事項もあるのか。

まあ守秘義務くらいはしょうがない。

「それくらいなら」

「そうであろう」

「しかしなぜ？」

何か落とし穴がありそうで怖い。

問題は、公爵がなぜ俺を推薦しようとするのかだ。

「ミチオ殿ほどの力があるならば遅かれ早かれ入会することになろう。推薦者になるのは当然のことだ。ミチオ殿ならばいずれ迷宮を倒して貴族に列せられることになるかもしれない。パーティーメンバーの実力から申しても」

「貴族ですか」

早いうちにつばをつけておこうということだろうか。

この世界では迷宮を倒せば貴族になれる。

公爵としては、俺に迷宮を倒す力があると判断したわけだ。

ロクサーヌの試合を見ただけで。

いや。力というよりは可能性か。ことによったら倒せそうだ。倒せるかもしれない。万が一ということもある。

多少の助力ならしておいて損はないということだろう。

「ミチオ殿が三十四階層に入られるようになってよかった。帝国解放会の入会試験は、余の推薦があれば三十四階層で戦えるパーティならば受けられる。思ったより早かったし、さすがよの」

三十四階層に入るようになったら来いとは、そういう意味だったのか。

帝国解放会に推薦できると。

「入会試験というのは？」

「三十三階層のボス部屋を突破する実力があるかどうか、確認するだけだ。場所はクーラタルの迷宮になるが」

「なるほど。ランドドラゴンで実力を見ると」

確かに、三十三階層とはいえランドドラゴンLv33を倒せるなら、普通の三十四階層でも問題なく戦えるだろう。

三十四階層でもっとも強敵だったのはランドドラゴンではなくドライブドラゴンだが、そう違いはあるまい。

ボスのほうが強いわけだし。

「試験官は余の知り合いに頼むからすぐにやってもらえる。大丈夫だ。すでに三十四階層で戦っているなら何も問題はない」

公爵はどんどんと勝手に話を進めていく。

大丈夫なんだろうか。

流されるままではまずいような気がする。

かといって、断るべき理由もない。

「うーん」

「難しく考えることはない。明日の朝、ここに来てもらえればいい」

ハルツ公爵にゴリ押しされてしまった。

大丈夫か？

本当に問題ないのだろうか。

入会試験があるから、まだ決まったわけではないが。

公爵が勧める会だから、別に悪い組織ではないと思う。

壺《つぼ》を売りつけられたりはしないだろう。


「セリー、帝国解放会というのを知っているか」

食事を終えて家に帰ってから、セリーに聞いてみた。

「名前だけは聞いたことがあります。迷宮で戦う人たちの中でも実力者だけが加入できる団体だそうです。ただし、ある種の秘密結社で、誰が会員なのかも明らかにされません。

会員が狙われるのを防ぐためと言われています」

あら。

そういえば公爵はメンバーについて守秘義務があると言っていた。

公爵がメンバーだと洩《も》らしてはいけないということだ。

推薦するというのだから、公爵も会員なのだろう。しかし、公爵は自分がメンバーだと明言はしなかった。会員でない俺に対して守秘義務を守ったということか。

当然、俺が会員になることも黙っていなければいけないということになる。

ロクサーヌたちに対しても明かしてはいけないのだろうか。

そこまで確認しなかったな。

セリーに相談したいのに相談できない。

これは困る。

被害者が他人に助けを求めることを防ぐプロの手口じゃないか。

入会試験があるのに、どうするのだろう。

俺一人で挑むのだろうか。

パーティーで戦うのと比べて難易度が跳ね上がるから、そんなことはないと思うが。

あるいは試験官とパーティーを組んで戦うとか。

いざとなったら、そこでわざとボロボロの戦いをして試験に落ちるという手もあるな。

推薦してくれた公爵の手前、それはまずいだろうか。

「そ、そうなのか。まあ今日はもう遅い。体だけ拭いて、寝よう」

尋ねるのもまずかったかもしれないので、話題を変えた。

ちょっと露骨だったかもしれないが、大丈夫だろう。

セリーには酒も入っている。

風呂は、沸かしていないしこれから入れるのも大変なので、今日はなしにする。

お湯だけを作った。

全員の体を拭いていく。

もちろん拭くのは俺の役目だ。

風呂に入るときに彼女たちの体を洗うのも俺の役目である。

何があろうとも不変の職務ということだな。

石鹸《せっけん》を泡立ててロクサーヌから順番に綺麗にしていく。

「今日はお疲れだったな。試合は大丈夫だったか」

「はい。あの程度では手合わせのうちにも入りません。こちらの力を見るだけが目的だったので手加減してくれたのでしょう」

どうだかね。

ロクサーヌの言葉は、頼もしい限りだが。

肌のつやも胸の張りもいつもどおりの素晴らしさなので、疲れてはいないだろう。

「食事はどうだった」

「公爵夫人は同性の私から見ても美しい方でしたが、ナイフの使い方や食べ方がいちいち洗練されていてため息が出るほどでした」

「そうか」

「それに、臆することなく迷宮に入って戦っておられるようです。憧れてしまいます」

ロクサーヌから見てもやはりカシアは美人なのか。

こいつとはうまい酒が飲めそうだ。

「強くはありませんが、口当たりの柔らかいおいしいお酒でした」

とは、セリーの感想である。

酒のにおいはしないから、セリーも大量に飲んではいないようだ。それでも、少しは酔っているのかピンクに色づいた肌が色っぽい。

いつもより余計になで回してしまった。

「さすが貴族ともなると上等の酒を飲んでいるのか」

「その分大変なようです。騎士団長様もご苦労がおありのようでした」

そういえばセリーの席はゴスラーの前だった。

いろいろ話が合ったのかもしれない。

別に俺は苦労をかけていないと思うが。

セリーにもゴスラーにも。

「魚、おいしい、です」

セリーはきっと魚ばかり食べたがるこの人の世話で苦労したのだろう。

魚のようにぴちぴちなミリアの肌を拭いた。

俺が体を洗うとき、ミリアはおとなしくじっとしている。

それがまたいい。

「ベスタはどうだった」

「少し緊張したけどよかったです。ご主人様に購入していただいてから、驚くことばかりです。これまでとは別人のようです」

「楽しめたならよかった」

ベスタの胸なら別人と間違いようがない。

手のひらに収まりきらない肉塊をゆっくりゆっくりともみ洗った。

翌日、ロクサーヌのごり押しによってさらに一階層上がったあと、ボーデに赴く。

「団長らが奥の執務室でお待ちです」

受付に行くと、勝手に行けとばかりに中に通された。

俺一人だと扱いがぞんざいだ。

ぞんざいというべきか、気を許してるというべきか。

勝手知ったる他人の城の中に入っていく。

執務室以外はよく分からないが。

すぐに執務室に着き、扉をノックした。

「入れ」

ゴスラーの声だ。

「ミチオです」

今日はちゃんといるらしい。

「おお。ミチオ殿か。待っておった」

中に入ると、公爵が迎える。

公爵とゴスラーのほか、今日はもう一人いた。

大きなイヌミミの聖騎士、♂だ。背も高く、りりしい。

「ほう。そのほうがサボー・バラダムを倒したという男か」

いきなり俺に話しかけてくる。

垂れたイヌミミが頭を覆っていた。

ぱっと見、ちょっとイヌミミとは分かりにくい。

セントバーナードみたいだ。

「ええっと」

「決闘でミチオ殿が倒した相手です」

突然のことにまごついていると、ゴスラーが教えてくれる。

決闘のときの相手か。

確かにバラダム家の人だった。

「あれは、粗暴な男ではあったが、実力の方は我と同じ狼人族の中でもそれなりであったはず。サボー・バラダムを倒すほどであれば、おそらく問題はあるまい」

「あの男がミチオ殿によって倒されたことは間違いありません。私が立ち会いました」

問題あるまいとか言っているのは、帝国解放会の関係者だからだろう。

あるいはこの男が試験官なのか。

「ミチオ殿、彼の名前はエステル。帝国解放会への入会試験を行ってくれる」

公爵が紹介する。

やっぱり試験官のようだ。

「エステルだ」

「ミチオです」

「一応彼の普段の役職は」

「いや、よい。解放会では世俗のポストなど関係のないことだ」

さらなる紹介を男が断った。

俺は鑑定で分かるが、彼はエステル男爵エステル・エステルリッツ・アンエステラだ。

ややこしいな。

親もエステルとかつけなきゃいいのに。

「まあエステルがそう言うのであれば」

「ミチオも我のことはエステルでよい。敬語も不要だ。我もミチオと呼ばせてもらう」

「はい」

というか、エステルと呼んだだけで、エステルを呼んだのとエステル男爵を呼んだのといっしょくたになってしまうではないか。

まあ貴族と紹介されたのではない。普通に接してかまわないだろう。

貴族だし偉いポストについているのだろうが。

「一応説明させてもらうと、帝国解放会は帝国の迷宮からの解放を目指して戦う者たちの扶助組織だ。もし会員となれば、迷宮からの解放を目指して日々戦い、切磋琢磨《せっさたくま》しなければならない。主要な義務といえるのはこれだけだ」

エステルが説明した。

本当にあまり義務や拘束はないみたいだ。

入会そのものはあまり問題はないか。迷宮にはこれからも入り続けるしな。

切磋琢磨はともかく。

「主要でない義務とは？」

「ミチオはブロッケンからの紹介で特例入会となる。帝国解放会は会員からの特別な紹介があれば三十四階層より上で戦える実力のある者が入会できる。通常入会だと四十五階層より上で戦えることが条件だ。したがって、特例入会の場合もできるだけ速やかに四十五階層より上で戦えるようになることが望ましい」

ブロッケンというのはハルツ公爵のことだ。

この人は本当に爵位とかに気を使わないらしい。

「四十五階層か」

「速やかといっても、なにも一、二年で四十五階層を突破せよとは言わない。あまり心配することはない」

「まあ心配はしていない」

というか、四十五階層はもうすぐだ。

誰かさんが無茶ぶりをするので。

ただし、せめてその前に四十四階層でしばらく立ち止まるつもりだ。

そのくらいはロクサーヌも反対しないだろう。

正規会員が四十五階層以上というのも、分からなくはない。

迷宮が口を開けるのは五十階層まで育ってからだ。退治するには、当然五十階層以上に入る必要がある。

そのくらいの実力は求められるだろう。

「禁止行為としては、他種族に対する差別は禁止している。帝国解放会はすべての人たちの解放を目指すのだから、これは守っていただきたい」

「承知している」

「もう一つ、帝国解放会の内部で知りえたことを外に漏らすことも禁止だ。とりわけ誰が会員であるとかの情報を外部の者には決して話さないように。自分が会員であると公言してもいけない。これは、迷宮を倒そうと戦う人に迷宮側からの反撃を防ぐためである。考えすぎとの意見もあろうが、暗殺などの卑《ひ》怯《きょう》な手段を使ってこないとも限らない」

秘密結社みたいになっているのはそういう理由だったのか。

考えすぎだと思うが。

相手は迷宮だぞ。

しかし、絶対にないと言いきれるわけでもない。

「外部というのは、具体的にどこまでが外部になるんだ。パーティーメンバーには話さないといけないことも出てくると思うが」

「通常はパーティーの代表者だけが入会する。代表者が入れば、他のパーティーメンバーを守秘義務で拘束することは難しくないだろう」

ロクサーヌたちに対して秘密にすることはなかったようだ。

そういえば、ゴスラーもこの場所にいるってことはゴスラーも会員なのか。

「そうなると入会試験はパーティーメンバー全員で行うのか？」

「普通はそうだ。もっとも、指定の階層を突破できるなら全員でなくともよい。こちらとしてはそれでもかまわないが」

「いや。全員で受ける」

あわてて否定した。

別に知られたくない人がいるという意味で質問したのではない。

パーティーメンバーを減らして迷宮に挑むのは大変だろう。

「騎士団に所属するなどしてパーティーメンバーが固定でない場合にその事情が斟酌《しんしゃく》されることもあるが、基本的に試験は普段一緒に戦っているパーティーで受けてもらう。自前のパーティーメンバーを用意できないようでは入会の資格はない」

「そのときだけ助っ人を頼むとか」

「それは認められない」

「うーん。そうか」

いくらでも不正はできそうだ。

「試験での不正はあまり考えられていない。帝国解放会は迷宮に入って戦う意志と実力を持たない人間が入会してもなんの役にも立たない組織だ。無理に入ってもしょうがない」

俺の顔色を見て取ったのか、エステルが追加で説明した。

帝国解放会では自分が会員であると吹聴することもできない。

見栄や世間体で会員になる人はいないのだろう。

だったら試験するなよという感じだが、実力のないやつに入ってこられても困るか。

「入会試験はどうやって行う？」

「どのような戦闘をしているか、戦いぶりをまず少しだけ見せてもらう。そのあとでボス部屋に行く。今回の試験会場はクーラタルにある迷宮の三十三階層だ。戦い方があまりにひどいと判断した場合にはボス部屋へ行く前に失格となることもありうる。無理にボスと戦わせてもしょうがない。ボス部屋に入っていくのを見送ったら、我らは三十四階層へ先に回る。ボス部屋を突破して三十四階層で無事合流できたら、合格だ」

ボス部屋には一つのパーティーしか入れないから、ボス戦は見学しないようだ。

エステルが俺たちのパーティーに入ってということもないらしい。

まあ試験で推薦者もいるとはいえ、後ろからバッサリということも考えられるしな。

一人でパーティーの中に入って迷宮へ行くのは無用心だろう。

入会したくないならここでまともに戦わない手もあるが、それは難しい。

手を抜いてピンチを招き、命を危険にさらしては元も子もない。

ボス戦は突破するしかないわけだし。

エステルが見学する通常戦にしても、魔法までは見せないにしても、ちゃんとやるしかないだろう。

推薦者である公爵の面子《めんつ》をつぶすこともできない。

まあ、帝国解放会も変な組織ではなさそうだ。

まじめに戦うべきか。

「試験はいつやるんだ」

「そちらの都合がよければ、すぐにでも」

「こっちはそれでいい」

魔法を使わない戦いはデュランダルを出したときにいつもやっていることだ。

特に演習をする必要もない。

ボス戦はエステルが見ないから問題なし。

「クーラタルにある迷宮に来ることができるか。もっといえば三十三階層の入り口に」

「三十三階層の入り口で大丈夫だ。クーラタルの迷宮も行くようにしているからな」

「では三十三階層の入り口の小部屋で、このあとすぐに待ち合わせよう」

「分かった」

俺が戦っているのは実際にはクーラタルの迷宮がメインなのだが、ハルツ公領内の迷宮にも入ることになっているので、ちょっとどぎまぎしながら返事をする。

ハルツ公爵もゴスラーも何も言ってこないから大丈夫か。

クーラタルの迷宮にも入っていることはちゃんと言ってあるし。そっちがメインだとは言っていないだけで。

もし俺がクーラタルの三十三階層には行ったことがなかったら、入り口で待ち合わせてボス部屋まで案内してくれるのだろう。

それはめんどくさい。

入場料も取られるし。

三十三階層入り口での待ち合わせならばタダだ。

いや。迷宮入り口から入った場合、階層入り口の小部屋には常設の黒い壁から出る。

ワープやダンジョンウォークなんかで移動した場合は小部屋に黒い壁を作ってそこから出る。

エステルが先に待っていれば、俺がどうやって移動したかが分かってしまうな。

入り口から入場料を払って入るのが無難か。

ダンジョンウォークで移動するには探索者が必要だし、理由づけもいる。

「では先に行って待っている。ブロッケン、行ってくる」

「ああ。行ってこい」

エステルがハルツ公爵に挨拶して外へ出た。

早い。

先に行かれた。

「では」

「ミチオ殿なら問題はあるまいが、がんばられよ」

「落ち着いて受けてきてください」

俺も公爵とゴスラーに一礼して追いかける。

執務室の外に出たとき、もうエステルの姿は見えなかった。

急げば先にクーラタルの三十三階層に行けるだろうか。

確実に先行できるわけではないから危険か。

そんなに高いわけでもないし、リスクをさけられるなら入場料くらい払っておけばいいだろう。

三十二階層のボスを倒して階層を上がれば常設の黒い壁から三十三階層に出られるが、そこまですることもない。

試験のあとでクーラタルの騎士団に挨拶するとか、あるかもしれない。あるいはエステルがクーラタルの騎士団から話を聞くとか。

可能性としてないわけではない。

男爵だし役職もあるみたいだし。

入場料は払うことにして、ゆっくり落ち着いてボーデの城から家に帰る。

用ができたからと、掃除をしているロクサーヌたちを適当なところで切り上げさせた。

「帝国解放会なるものにハルツ公爵が推薦してくれるそうだ。迷宮で戦う人の相互扶助を目的とした団体らしい」

四人を前に話を切り出す。

ゆっくりでいいなら家で説明してから行けば十分だろう。

「帝国解放会？」

「実力者のみが入会を許される団体ですよね。すごいことです」

「そうなのですか。さすがはご主人様です」

ロクサーヌとセリーが話す。

セリーも少しは俺のことを見直しただろうか。

いや、見直すとはなんだ。見直すとは。

セリーは元から俺のことをすごいと思っていたに違いない。

間違いない。

しかし、俺を帝国解放会に推薦した公爵は実際にはロクサーヌの戦いしか見ていない。ロクサーヌを見たから、推薦する気になったのではないだろうか。本当は俺よりもロクサーヌを推薦したかったとか。

ロクサーヌならさもあらん。

「帝国解放会では守秘義務が課せられるそうだ。会内部で知りえたこと、誰が会員か、また俺が会員となることなども一切秘密となる。無用な情報を出して狙われることをさける意味合いがあるらしい」

「用意周到で素晴らしいことです」

「いまさら内密にすることが一つや二つ増えたところで問題ありません」

ロクサーヌは秘密主義に賛成らしい。

そしてセリーよ。

見直したのではなかったのか。

「ひみつ、です」

「大丈夫だと思います」

ミリアが言葉を覚えてしまうほどにあれこれ秘密にしていることは確かだが。

「これからクーラタルの三十三階層へ行って、戦いぶりを見てもらう。会員としてやっていけるだけの実力があるかどうか、判断するそうだ。魔法は使わないので、魔法なしでの戦いになる」

「分かりました」

デュランダルを使えばいいだろう。

すごい剣を所持していることがばれてしまうが、そのくらいはしょうがない。

「ドライブドラゴンが主要相手とはいえ三十三階層はすでに突破しているのだから神経質になることはない。いつもやっていることだし、問題はないだろう」

「もちろんです」

もちろんロクサーヌなら大丈夫だろう。ロクサーヌなら。

ロクサーヌが不安を覚えるような戦闘は俺にとっては死を意味する。

「今回は入場料を払って入る。まずは冒険者ギルドに行くぞ」

家を出て、冒険者ギルドにワープした。

冒険者ギルドから迷宮の入り口までは歩く。買い物でいつも歩いているくらいの距離だから問題はない。

クーラタルの迷宮にワープして外に出てから入りなおすという手もあるが、さすがにそれは怪しいだろう。

「迷宮の攻略地図もいかがっすかー」

騎士団の詰め所では相変わらず攻略地図を売っていた。

商売熱心なことで。

あ。

地図忘れた。

「三十三階層のルートを覚えているか？」

「はい。大丈夫です」

小声でロクサーヌに尋ねると、大丈夫らしい。

やはり迷宮に関しては抜かりがないようだ。

「では入場料を五人分」

銀貨五枚を出してペラペラのチケットを五枚受け取る。

せめて三割引が効いてくれればよかったのに。

迷宮入り口から入って三十三階層に抜けると、エステルはすでにいた。

エステルを含めて六人いる。エステルのパーティーだろう。

聖騎士である男爵のほかには、冒険者、探索者、魔道士、百獣王、禰宜《ねぎ》……というすごい顔ぶれだ。

結構レベルも高い。

百獣王というのは獣戦士の上位ジョブだったっけ。

実際に見るのは初めてだ。

禰宜は神官の上だろう。こっちも初めて見た。

女三人、男三人で前衛後衛のバランスも取れたパーティーだ。

かなりのベテランぞろいだろう。

さすが試験官を務めるだけのことはあるというところか。

「お、ミチオか。よろしく頼む」

到着すると、エステルがすぐに声をかけてきた。

「こちらこそ」

「そちらがミチオのパーティーか」

「はい」

「我も長い間上の階層で戦ってきているので、ミチオたちに何かアドバイスできることもあるかもしれない。それを望むなら、ここからボス部屋まで何度も魔物と戦いながらゆっくりと進む。あるいは望まないなら、我らはこの先のボス部屋に一番近い小部屋で待っておく。どっちがよい」

選べるのか。

もちろん、なるべく見られないほうがいい。

この世界の普通のパーティーがどういう戦いをしているか知らないので役に立つアドバイスをもらえる可能性もあるが、普段は魔法メインで戦っているのだし。

「どうせ装備に依存した戦いをしているし、先に行って待っててもらえるか」

「装備か。分かった」

同行を断ると、エステルがあっさりとうなずいた。

適当に思いついた言い訳だが、あれでよかったらしい。

実際、装備が変われば戦い方も変わってくる。

魔法を使わない以上、デュランダルとミリアの硬直のエストック、セリーが持つ詠唱中断のついた槍《やり》に頼った戦いになる。

「頼む」

「手の内を明かしたくないというのは誰でも考えることだ。遠慮はいらない」

他のパーティーも大同小異なのか。戦い方を開示したくないというのは、どこの世界でも同じなんだろう。

エステルはあっさりうなずいた理由を説明し、パーティーの探索者に指示を出した。

探索者がダンジョンウォークの呪文を唱える。

黒い壁が出ると六人が入っていった。

探索者がパーティーメンバーにいたのは、このためだったのだろうか。

臨時のメンバーなのか。

レベルは高かったから、そうではないかもしれないが。

「では俺たちも行くか。魔法なしで戦おう。ロクサーヌ、案内してくれ」

「分かりました」

俺たちもあとを追うことにする。

見られていることはないと思うが気持ち悪いので魔法はやめておいた。

別に問題はない。

待ち合わせ場所の小部屋に俺もダンジョンウォークで移動することができるが、それもやらない。俺が冒険者だという話は公爵から伝わっているだろう。セリーを探索者にするか、探索者だということにしておけばすむが、そこまですることもない。

あまりうそを重ねるのはよくないだろう。

俺もちゃんとファーストジョブを冒険者にしている。

冒険者がファーストジョブなのでボーナスポイントが少しきついが、しょうがない。

そこは気にせず、博徒までつけて万全の状態で挑む。

遊び人と魔法使いも、ボス戦では魔法を使うのではずしていない。

ロクサーヌの案内で、待ち合わせ場所まで進んだ。

途中の魔物も問題なく倒している。

「来たか。さっき確認したが、この先、ボス部屋までの間に魔物がいるようだ。我もすぐ後ろから見させてもらう。ドライブドラゴンでなかった場合にはもう一戦してもらうかもしれないが、行ってくれ」

小部屋に着くと、エステルから指示が出た。

俺たちが先に出て、ボス部屋に向かう。

「ドライブドラゴンとロックバードですね。多分一匹ずつだと思います」

小部屋を出るとロクサーヌが小声で教えてくれた。

エステルには魔物がいるようだとしか分からなかったのに、ロクサーヌは種類と数まで分かるのか。

やはりロクサーヌはすごいとしか言いようがないな。

「ありがとう。さすがだな」

魔物が出てきた。

ロクサーヌの見解どおり、ドライブドラゴンとロックバードが一匹ずつだ。

四人はすぐに走り出す。

俺はドライブドラゴンに状態異常耐性ダウンをかけてから走り出した。

せっかく博徒までつけているのだし使わない手はない。

直接効果の見えるスキルでもないし。

「やった、です」

ドライブドラゴンは、たちどころに石化してしまった。

俺が着いたのと同じくらいのタイミングで。

ちょっと早すぎだろうか。

俺はまだロックバードに一撃も入れてないぞ。

まあしょうがない。

「よし。今回はよくやった」

たまたま、偶然ということにしておこう。

せめて、ロックバードには状態異常耐性ダウンを使わないでおくか。

「やった、です」

あらら。

俺の気遣いが無駄になってしまった。

しょうがない。

デュランダルで石化した魔物を片づける。

石化した魔物にダメージを通せるデュランダルの性能が分かってしまうが、それもまたしょうがないだろう。

ドライブドラゴンが煙になると、後ろにいたエステルがこっちにやってきた。

「魔物を殲滅《せんめつ》するスピードも悪くない。文句のつけようがない戦闘だ」

「よかった」

合格に一歩近づいたようだ。

「あとはボス戦だな。ボス部屋までに魔物がいれば戦ってもらうが」

エステルが言い残して、後ろに帰る。

「ボス部屋まで魔物はいないようです」

男爵がいなくなると、ロクサーヌが小声で教えてくれた。

差を見せつけてくれる。

もっとも、エステルも魔物はいないと分かっていたかもしれない。いれば、とあくまで仮定法だったからな。

ロクサーヌの先導でボス部屋へと向かった。

魔物とは遭遇せず待機部屋に入る。ロクサーヌの言うとおりか。

待機部屋にも誰もいなかった。

「待っている間に小部屋を通ったパーティーは一つだけだ。扉はすぐに開くだろう。ミチオたちが中に入ったら、我らは上で待つ」

待機部屋に入るとエステルが告げる。

ボス部屋で戦えるのは一つのパーティーだけだ。

何はばかることなく魔法を使える。

ボス部屋への扉もすぐに開いた。

「では」

エステルに目礼すると、俺はボス部屋へと突入する。

冒険者風装備にしているためアルバを着ていないが、着ている時間はない。

まあ大丈夫だろう。

「やった、です」

そして実際、大丈夫だった。

ランドドラゴンとは何度も戦っているし、当然といえば当然か。

石化した魔物も魔法で片づける。

ここまで魔法を使っていないし、回復する必要もなかった。

装備品の影響は、あっただろうが、苦戦になるほどではない。問題があるとすれば片づける時間か。

入会審査にはボス戦の戦闘時間も見られているかもしれない。わざと不合格になるなら思いっきり時間をかける手もある。

まあ、そこまですることもないか。

多少ゆっくりめに魔物を倒し、三十四階層に上がった。

「やはり早いな」

それでも早かったらしい。

「そうか」

「ここでは誰か来るかもしれん。一度外へ出たら、帝都にあるロッジへ向かう。我のパーティーの冒険者を入れて、先に行ってくれ」

「分かった」

エステルに移動を促される。

確かに入り口の小部屋では誰が来るか分かったものではない。入会の話をするのだろうし、聞かれてはまずい。

ロッジというのは、男爵が持っている別邸だろうか。

貴族ともなると帝都にそういうのが必要なのかもしれない。

エステルたちが黒い壁から外に出ていった。

デュランダルを消した後、俺たちもあとを追う。

迷宮の外に出ると、探索者がパーティー編成の呪文を唱えていた。

冒険者をはずすのだろう。

エステルのパーティーには冒険者と探索者がいるからこれができる。

探索者のあと、俺もパーティー編成の呪文を唱えて冒険者をパーティーに入れた。

エステルはそんな俺たちを置いてつかつかと騎士団の詰め所に入っていく。

あわてて追いかけると、エステルは何かのエンブレムを詰め所の騎士に見せていた。

俺が借りているハルツ公爵家のエンブレムと同じようなものだろうか。

「移動できる壁を借りたい」

「はっ。もちろんであります、閣下」

エンブレムを見た詰め所の騎士が恭しく応答する。

公爵家のエンブレムより威力がありそうな。

まあなんといっても男爵本人だしな。

エンブレムだけではない総合的な威力といったところか。

入場料を払っておいて正解だ。

「では、ミチオたちは先に」

騎士が詰め所の奥の部屋まで案内すると、エステルが俺たちに向きなおった。

こっちが先に行っている間に、俺たちが迷宮の入り口から入ったかどうか確認するのだろうか。

疑念を持っていなければわざわざそんなことは聞かないか。

向こうのパーティーの冒険者は現在俺のパーティーにいるのだから、男爵は移動できない。だから俺たちに先に行けということだろう。

冒険者がフィールドウォークの呪文を唱え、部屋に黒い壁を出す。

冒険者に続いて俺たちも黒い壁に入った。

第五十三章　ロッジ

セリー

現時点のレベル＆装備

鍛冶師	*Lv41*
装備	強権の鋼鉄槍 チェインメイル 硬革の帽子 硬革のグローブ 硬革の靴 身代わりのミサンガ

異世界迷宮でハーレムを

「これはラルフ様、ようこそお越しくださいました」

俺たちが出たのは、どこかの建物の広いロビーだった。

エステルのパーティーにいた冒険者に連れられてフィールドウォークで移動してきた俺たちをすぐに老紳士が迎える。

黒いズボン、黒いジャケットの白髪混じりの男性だ。

名前はセバスチャン。

五十歳代の冒険者である。

ちなみにラルフというのはエステルのパーティーにいた冒険者の名前だ。

「世話になります」

「お役目ご苦労様でございます」

「私は他のメンバーを迎えに行ってきます。しばらく彼らのことを頼みます」

「承りました」

「では」

エステルのパーティーの冒険者が老紳士にうなずき、そのあとで俺を見た。

あ。パーティーからはずすのか。

老紳士と冒険者の会話を黙って見ている場合ではなかった。

俺はあわてて冒険者をパーティーからはずす。

パーティからはずれると、冒険者は入ってきた壁から出て行った。

俺たちと老紳士が残される。

老紳士というか、いかにも執事という感じの男性だ。

名前もセバスチャンだし。

物腰柔らかく、優雅で慇懃《いんぎん》で隙がない。体全体が礼儀でできていそうな雰囲気だ。エステル男爵家の執事なんだろうか。

その割にはエステルのパーティーの冒険者にも敬語を使っていたが。

「ようこそいらっしゃいました。まずはお名前をお聞かせ願えますか。苗字《みょうじ》をお持ちの場合は苗字まで。爵位と継嫡家《けいちゃくけ》家名は結構でございます」

老紳士が俺に頭を下げた。

加賀っていうのは苗字だよな。

家名とは違うのだろうか。

よく分からん。

「あー。ミチオ・カガだ」

「ミチオ様でございますね」

ミチオ・カガでよかったのだろうか。

なんとでもなるか。

「それでは、そちらのお嬢様も」

「ロクサーヌです」

「ロクサーヌ様でございますね」

「えっと……。あの、私は」

ロクサーヌ様と呼ばれてロクサーヌが戸惑っている。

やたら丁寧なんだよな。

ザ・バトラーという感じだ。

「当会では世俗の役職や身分などはなんの影響も持ちません。くれぐれもそのおつもりでお願いいたします」

「は、はい」

セバスチャンがロクサーヌを説き伏せた。

当会と言っているのは帝国解放会のことだろう。

男爵家の別荘じゃなくて帝国解放会の建物だったのか。

「それでは」

「セ、セリーです」

「セリー様でございますね」

老紳士の眼光がセリーを捉え、名乗らせる。

丁寧なだけじゃなくて、実は実力者なんだろうか。

「ミリア、です」

「ミリア様でございますね」

「ベスタです」

「ベスタ様でございますね」

ミリアとベスタにも名乗らせた。

というか、俺からベスタまで、俺のパーティーに加入した順に名乗らせている。あるいは、ロクサーヌが把握しているだろう俺たちのパーティーの順位どおりか。

出てきた順番とか並んでいる順番とかではない。

一応俺が真ん中にはいるが、隣のロクサーヌは分かるとしても少し離れたところにいるセリーはもう分からないだろう。

これってすごくね。

分かるのだろうか。

不思議だ。

さすがはセバスチャンというべきか。

セバスチャン、恐ろしい子。

不思議に思っておののいていると、エステルたちのパーティーも遅れてやってきた。

「エステル様、お待ちしておりました」

老紳士が真っ先に頭を下げる。

頭を下げる角度もすごい。

ほぼ直角。九十度。

丁寧だ。

「ミチオたちの名前は聞いたか？」

「はい。おうかがいいたしました」

「ミチオは会員になる。そのつもりでな」

「かしこまりました」

エステルとセバスチャンが会話した。

やはりここは帝国解放会で、試験は合格なんだろう。

「部屋を用意してくれ。それとハーブティーを」

「かしこまりました。こちらにお越しください」

セバスチャンが丁寧に体を引き、俺たちを誘導する。

彼が案内した部屋に、エステルが入った。

広くて豪華な会議室だ。

エステルが細長いテーブルの真ん中に陣取る。

「ミチオたちも座ってくれ」

「はい」

俺も部屋に入り、エステルの対面に座った。

イスが軟らかい。

高級品だ。

テーブルの片側には六個イスがあるので、ロクサーヌたちも俺の横に座る。

向こうはエステル一人だ。

部屋には冒険者と百獣王がついてきたが、二人ともエステルの後ろに控えて立った。

警護なんだろう。

「察しはついていると思うが、試験は合格だ。ブロッケンの推薦どおり、申し分のない実力と認める。現状ではやや武器に頼っている面もあるが、頼りすぎというほどでもない。ミチオなら近い将来迷宮を倒すほどの者になろう。問題はあるまい」

「はい」

「嫌だったら答えなくてもいいが、魔物の動きを止めた彼女は暗殺者か？」

ミリアのことはばっちりバレたらしい。

石化が早すぎたのだろう。

別に隠してもしょうがないか。

「そうだ」

「暗殺者は敵を状態異常にしやすいというが、それにしても素晴らしい働きだった。敵をすばやく状態異常にするには単に暗殺者になるだけではだめで経験を積まないといけないらしいから、相当鍛えているのだろう」

「そうなのか」

暗殺者の状態異常確率アップは、やはりレベル依存でアップ率が大きくなるのだろう。

この先、もう少し楽になっていくことが期待できるな。

それを帳消しにするほどのスピードで階層を上がっていっているとはいえ。

ミリアが石化をエステルに見せたのは戦闘一回分だけだが、二匹石化しているし、多分ボス部屋での戦闘時間も考慮しているのだろう。

ミリアの石化がかなりのウェイトを占めているとはいえ、それでも俺たちが三十四階層以上で戦っていける実力を持っていると判断したわけだ。

まあ、クーラタルの迷宮は三十三階層の魔物がドライブドラゴンで三十四階層がコボルトケンプファーだからな。

クーラタルの三十三階層で戦えるならクーラタルの三十四階層でもほぼ戦える。

それもあって試験会場をクーラタルの三十三階層にしているのだろう。

「その間、魔物の攻撃を寄せつけなかったそちらの彼女の動きもよかった」

エステルが視線でロクサーヌを示した。

ロクサーヌの動きは公爵も褒めたからな。

当然だろう。

「彼女のことは得がたいパーティーメンバーだと思っている」

「会員以外にはあまり知られていないことだが、迷宮の最後のボスはこちらの装備品を破壊する能力を持っている。攻撃を盾で受けたり剣で弾《はじ》いたりしただけでも、盾や剣が壊れてしまうことがある。魔物の攻撃を回避する利は極めて大きい」

「装備品を破壊するのか」

ラスボスにそんな力があったとは。

一筋縄ではいかないらしい。

「ブロッケンがミチオを推薦してきたのも道理だ」

エステルが独りでうなずいている。

迷宮を倒すには、さけてさけてさけまくらなければならないと。

ロクサーヌならばそれが可能だ。

公爵が俺を帝国解放会に推薦したのは、本当にロクサーヌの動きを見て判断したのかもしれない。

ロクサーヌの動きを見ただけで判断したまでありうる。

「剣で弾いても剣が壊れるくらいなのに、攻撃しても大丈夫なのですか」

セリーが尋ねた。

なるほど、当然そうなるか。

魔物の攻撃を剣で弾くのも、こちらの剣が魔物に弾かれるのも、たいした違いはない。

「攻撃がきっちりと胴体にヒットすれば問題はない。注意深く背後から狙うなどする必要はあるが。もしくは魔法で攻撃するかだ。安い剣や盾を大量に持ち込んで使い捨てにするパーティーも多い」

壊されることを前提に戦略を組むのか。

ラスボスは大変だ。

「お待たせいたしました。ハーブティーでございます」

話が一段落したところで、セバスチャンがハーブティーを持ってきた。

エステルの評価だが、俺に対するものは特にないようだ。

まあ完璧に武器頼みだしな。

別の人がワゴンを押してセバスチャンの後ろに続いている。

セバスチャンは、ティーポットを高く持ち上げるとワゴンの上のカップにハーブティーを注いだ。

ティーポットの位置が高い。

高いところからこぼすことなく一気にハーブティーが注がれる。

洗練された、流れるような動きだ。

エステルの分を含めて全部で六杯。

警備の人にはないらしい。

俺たちの前にハーブティーが置かれる。

「では」

エステルがカップを持って俺たちにも促し、ハーブティーに口をつけた。

俺も飲んでみる。

やや甘酸っぱい感じのさわやかなハーブティーだ。

「これはおいしいですね」

「ありがとうございます」

セリーが感想を述べてセバスチャンに頭を下げられた。

「このロッジは会員であれば誰でも利用できる。あとで説明を受けておいてくれ。ただし、通常の飲食にはお金が必要だ。かなり上の階層へ行くようになれば問題はないだろうが、普通の冒険者には高い。あまり散財はしないことだ」

結構お高いハーブティーだったらしい。

これは誰が払うんだろうか。

通常はとか言ったから入会して最初の一杯は無料なんだろうか。

などと考えてしまうのは小市民なのか。

「気をつけよう」

「入会に当たっては儀式を行う。簡単なものだし、別に身一つでよい。ミチオ以外のパーティーメンバーが一緒に来てもいいが、儀式には立ち会えない」

「分かった」

入会するのをいまさら嫌とは言わないが、入会儀式まであるようだ。

「帝国解放会では会員同士、世俗の役職や身分にとらわれることなく振る舞う。そこは忘れないでほしい。ときの皇帝陛下が帝国解放会の会員であった時代もあるが、ここではあくまで対等だ。皇帝が会員になろうとしても、実力がないなら断らなければならない。帝国解放会の力を維持していくためには是非とも必要なことだ」

皇帝が会員だったこともあるのか。

話しぶりから見て、今上帝は会員ではないのだろう。実力が足りていないのだろうか。

なるほど。

たとえ皇帝でも実力が足りなければ会員にしてはいけないと。

そのために世俗の身分は持ち込ませない。

皇帝だから公爵だからとどんどん入会を認めていけば、やがて帝国解放会の内情はぐだ

ぐだになっていくだろう。

実力者の団体であることを保つためには規律が必要だ。

皇帝ならあの甘い入会試験くらいどうにでもなりそうな気もするが。

いや。そのためにこそ内部では対等なのか。

わざわざ入会して平民ごときに生意気な口を利かれたくはない。対等にしておけば役職や身分が高いだけの者は入会してこないだろう。

いろいろ考えられているらしい。

まあエステル男爵もたいがい態度はでかそうだよな。

貴族だからかもしれないが。

「なるほど」

「そのため、入会式はそちらがよければ明日行う。そのほうがいいだろう。特別扱いは、やらないしできないからな」

「分かった」

別に特別扱いしろとは言わない。

入会式は嫌だとか。そういうわがままは言わない。

嫌だけど。

「それでは、明日の昼前くらいにこちらに来てくれ。ブロッケンのほうは我が連絡を入れておく。入会式のある日までは、推薦者とはあまり会わないほうがいいだろう」

「そうか」

そういうものなんだろうか。

「推薦者に謝礼をする必要はない。入会式の翌日くらいに、挨拶《あいさつ》に行く程度でいい」

表情を読まれたか、重ねて説明される。

挨拶くらいはしておく必要があるようだ。それ以上何をしろと。

「うむ」

「我のほうからはこんなところか。その他の説明は書記から受けてくれ。セバスチャン、あとを頼む」

エステルがセバスチャンを呼び寄せた。

セバスチャンは執事ではなくて書記なんだろうか。

「かしこまりました」

「彼が総書記のセバスチャンだ。細かい話は彼に聞いてくれ」

総書記だった。

書記だとそうでもないのに、総書記というととんでもなく偉そうな気がする。

エステルは、カップを飲み干して立ち上がると、俺が立とうとするのを手ぶりで抑え、部屋を出て行った。

その直前にはエステルのパーティーの冒険者がアイテムボックスを開けてセバスチャンに料金を払っている。

ハーブティーは、初回無料ではなく、エステルのおごりだったようだ。

あるいは、冒険者が払ったのは男爵の分だけで、俺たちの分は無料かもしれないが。

いずれにしてもアイテムボックスを開けたということは、多分銀貨で支払ったのだろう。

いくら払ったかまでは見えなかったが、複数枚出したと思う。

六杯で銀貨二枚だとしてもいい値段だな。

エステルが飲んだ一杯分だったとしたらとんでもない額だ。

本当に破産しかねない。

ここはぼったくりバーかと言いたくなる。

「それではミチオ様、よろしければ当ロッジの説明をさせていただきます」

ぼったくりバーのマスターが頭を下げた。

いや。セバスチャン総書記だ。

「頼む」

「こちらへお越しくださいますか」

「分かった」

俺もカップに残ったハーブティーを飲み干してから立ち上がる。

高いのでもったいない。

ロクサーヌたちも全員ハーブティーを飲み干して席を立った。

「こちらの部屋は打ち合わせやパーティー同士の親睦などにお使いいただけます。同様の部屋は二階にもございますので、遠慮せずご用命ください。ご利用に当たっては飲食物のご注文をお願いしております」

セバスチャンが歩きながら説明する。

部屋の利用料は取らないが、飲み物代に上乗せということだろう。

だから高いわけね。

そういえばエステルは帝国解放会の会費については触れなかった。会費がないとするとその分も利用料に上乗せなんだろう。

「何かのときには頼む」

「基本的に当ロッジのある場所は非公開となっております。外へとつながる扉もありますが、業者や私ども書記の専用通用口です。緊急の場合を除き、会員様にはご利用いただけません。用件のあるときにはロビーの壁にフィールドウォークでいらしてください」

「そうか」

帝都にあるロッジだとエステルからは聞いてしまったが。

会員以外には非公開ということだろうか。あるいは、帝都のどこにあるかは秘密ということか。

帝都といっても広いだろうし。

帝都帝都といってもいささか広うござんす。

ワープにしてもフィールドウォークにしても、移動距離に応じて消費ＭＰが変わる。だいたいどこら辺にあるかくらいは分かってしまうだろう。

「二階には大会議場、三階には資料室などがございます」

セバスチャンがロッジの中を先導し、階段の前で説明した。

一階だけでも結構広いのに、三階まであるのか。

「資料室ですか」

「はい、セリー様。会員様方の活動報告やメモ、迷宮を攻略した会員様が残した攻略方法なども収集されております」

「それを見ることができるのは正規会員だけでしょうか」

セリーが食いついた。

見たいんですね、分かります。

「会員のパーティーメンバーの方も会員に準じた扱いを受けます。会員であるミチオ様の委任があれば、セリー様も資料室に入ることが可能でございます」

「分かりました」

　メモや攻略方法に何か役立つものがあるかもしれない。

　そのうちセリーを行かせてみるのもいいだろう。

「この奥の部屋が、店舗となっております」

　セバスチャンが一つの部屋に入る。

　土産物でも売っているのだろうか、と思ったが違った。

　槍《やり》や鎧《よろい》などがいくつか置いてある。

　そういえば公爵が帝国解放会では装備品の売買を行っていると言っていた。

「装備品か」

「はい。数は多くございませんが、オリハルコンなどで作られた強力なものや、スキルのついた装備品を扱っております」

　確かに、置いてある槍はオリハルコンの槍だ。

　オリハルコンの剣があったのだからオリハルコンの槍もあるのだろう。

　俺はオリハルコンの槍の前に行き、穂先を見上げる。

「いい槍のようだ」

「ここでの装備品の売買にはお金のほかにポイントも使用いたします。強力な装備やスキルのついた装備品をお売りいただいた場合、その装備品に応じたポイントを会員の方につけさせていただきます。当会からものを購入なさるとき、お金とは別にそのポイントを消費します」

ポイントがあるので売った分しか買えないということか。

ここでものを買うためにはその前にものを売らなければならないと。

武器屋に売っているような武器を買ってきてそのまま売却しても当然駄目なんだろう。

オリハルコンの武器はクーラタルの武器屋に売ってなかったし。

オリハルコンの槍のような強力な装備品かスキルのついた装備品でなければいけない。

俺なら、セリーもいるしスキル結晶融合に失敗することはない。スキルのついた装備品を売ることはできるか。

そうやってポイントを貯《た》めて、強力な武器を購入すると。

まあ別にこのオリハルコンの槍がほしいわけではない。

空きのスキルスロットもないし。

こうして実物をチェックできるなら、鑑定で空きのスキルスロットを確認できる。出物があったときのために準備はしておかなければならない。

問題は、商品の回転率がどのくらいかということか。

置いてある装備品の数はさほど多くない。

槍も一本しかない。

オリハルコンの槍なんかは供給も少ないだろう。

帝国解放会の店舗とはいえ、誰が持ち込むのか、ということだよな。

公爵や男爵なら金は持っているだろうし迷宮の上の階層で戦っている人も同様だろう。

単にお金を出せばいいだけなら、売りたい人よりも買いたい人のほうが圧倒的に多くなることは普通に想定できる。

売らなければ買えないというシステムは、よくできているな。

「結構売れるのか？」

「会の事業でなければ商売として成り立つほどではないでしょう。それほど利幅も取っておりませんし。個々の装備品については、すぐ売れる場合もございますし、ある程度長くとどまる場合もございます」

それはそうか。

ときおりは来て自分の目で確かめる必要がありそうだ。回転数を見て、在庫がどんどん入れ替わるようなら頻繁に。

もっとも、槍以外のものも数は少ない。

複数あるのは身代わりのミサンガだけか。

台の上に身代わりのミサンガが三つ置かれていた。

「身代わりのミサンガか」

「よくお分かりでございます。身代わりのミサンガは消耗品ということで、ここでも扱わせていただいております」

「よく出るのか？」

「購入するお客様はおられます。ポイントを消費いたしますので、緊急時でなければクーラタルのオークションで手に入れられることが多いでしょうが」

それでも、オークションで入手できる品にポイントを使うことはないか。

オークションではいつ出品されるか分からないので、緊急の場合など、買う客には困らないと。

壊れてしまったときとか。

「なるほど」

「値付けについては、こちらのほうで適切な値段をつけさせていただいております。一般的に、買い取る値段はオークションでの売値よりも大幅に安くなっております」

オークションで売ったほうが得ということか。

まあそれはそうだろう。

ここで売ればポイントも手に入る。

逆に、オークションで手に入れた品をここで売る人もいるのかもしれない。金銭的には損をするが、ポイントは獲得できる。

お金をポイントに換えるようなものだ。

「身代わりのミサンガなら俺も予備を持っているが、一つ売るとポイントはどのくらいもらえるんだ？」

「一ポイントでございます」

「身代わりのミサンガの買取金額を聞かせてもらってもいいか」

「一万ナールとなっております」

つまり、一ポイントに対し一万ナール出す気があるのなら、身代わりのミサンガのオークションに二万ナールまでぶっこめる。

オークションの落札価格は、ここの買取価格に払ってもいいポイント分の値段を足した金額まで上昇することになるだろう。

オークションが高くなるのは当然だ。

そういう仕組みになっていたのか。

身代わりのミサンガでなくとも、ここで扱うような装備品ならオークションでポイント代稼ぎに買うことができる。

いい装備品なら、オークションで数万ナールから、あるいはもっとするだろう。

十万ナールで競り落とし半値で売ったとして、五万ナールの損失。

ぼったくりだ。

「さっきのはオリハルコンの槍だろう」

「さすがによくお分かりでございます」

「オリハルコンの槍を買うのに必要なポイントは」

「三ポイントとなっております」

オリハルコンクラスの装備品を入手するには身代わりのミサンガを三個売る必要があるわけか。

さらに購入金額が別途かかる。

結構大変だ。

芋虫のスキル結晶はこれからも買っていかなければならないだろう。

「大盾があるようですね」

ロクサーヌが盾を指差した。

「大盾か」

「大盾ですか」

ベスタが食いつく。

大盾を使うのは竜人族だからな。

「前に竜人族の人が同じような大きさの盾を持っているのを見たことがあります。あれが多分大盾でしょう」

ロクサーヌの言うとおり大盾だ。

頑強のダマスカス鋼大盾というのが置いてあった。

頑丈の硬革帽子というのなら持っている。

あれを作ったときにはコボルトのスキル結晶を追加しなかったと思うから、頑強は頑丈よりもいいスキルなんだろう。

「頑強のダマスカス鋼大盾でございます」

俺は鑑定で分かるが、セバスチャンはなぜ分かるのか。ここに置いてある商品を全部覚えているのだろうか。

たいしたもんだ。

近づいて見てみる。

台の上に寝かせて置いてあったので分からなかったが、かなりでかいな。

人一人くらいは余裕で隠せる。

これで守られたら物理攻撃が通じないのではないだろうか。

魔法で攻撃するか。あるいは盾ごと吹き飛ばすか。

その分、持つのは大変だろう。

これを片手で持つとか、さすが竜人族は中二病のカッケー人たちだ。

守るだけなら、竜人族じゃない人が持ってもいいような気がする。迷宮にわざわざ狩りに行って守るだけとか意味不明だから持たないのだろうけど。

魔法使いが使うとか。

杖《つえ》代わりの大盾とかあったらよかったのに。

あったら俺が使いたい。

僧侶や神官が使うとか。

六人しかいないパーティーで攻撃の人数を減らすのは微妙すぎるか。

これだけ大きいと、振り回して魔物を軽くあしらうことは難しいだろうし。

仮に守備に専念させるにしても、単純に後衛に回せばいいだけだ。

四、五枚並べてローマ軍団のように盾で壁を作るとか。

二十三階層以上の迷宮の魔物相手では全体攻撃魔法を誘発するだけか。かえって被害が大きそうだ。

「ダマスカス鋼の大盾か」

「会員様や会員のパーティーメンバーに竜人族の方も多くおられます。そのため当店舗でも大盾を扱うことが結構ございます」

大盾はここで手に入れることができるようだ。

もっとも、ベスタには今のところ守備面の不安はない。

両手剣二本のままでいいだろう。

施設の説明を受け、ロッジをあとにした。

ロッジの店舗はこれからもちょくちょく立ち寄ることにしたい。ポイントを獲得できるめどが立ってからだが。

まあ身代わりのミサンガを売ればいい。

オークションで入札を狙う手もあるが、商売敵が増えると反発もくらいそうだし、そこまではしない。

身代わりのミサンガが失敗なしに作成できるだけで、十分なアドバンテージだろう。

一つ一ポイントだが、買う場合もそんなにたくさんはポイントがいらないようなので、なんとかなると思う。

「セリー、魔法の威力が上がる大盾なんかはないよな」

一応聞いてみた。

「うーんと。ヤギのスキル結晶を融合すれば」

ひもろぎの大盾か。

知力二倍にはなるのだろう。

それも一つの手か。

「それしかないか」

「聞いたことはありません。盾は、アクセサリーと同様、武器にしかつかないスキル結晶も防具にしかつかないスキル結晶も融合できます」

「攻撃力上昇をつけることもできるのか」

「盾につけた場合は、融合した盾で直接攻撃しないといけないみたいですが」

駄目じゃねえか。

知力上昇のほうならいいのだろうか。

竜人族なら、盾と杖を装備して。

いや、知力上昇を盾と杖につけても両方有効にならないと駄目か。

「いろいろ厳しいようだな」

帝国解放会への入会も決まったことだし、その後は気合を入れて迷宮を探索した。

夕方になって切り上げる。

あとは帰路、買い物をして家に引き返そう。

「あ。今日は違うものを入れていいですか」

途中、レモンを買おうとしたら、ベスタに止められた。

いつも買っているのに。

レモンは風呂に入れる用だ。

実は入りたくないとか？

「なんかあるのか？」

「ハーブを入れるといいそうです。私が用意します」

違った。

そういえば、違うものを入れると言っていたではないかいな。

「分かった」

「ありがとうございます」

これは礼を言われることなんだろうか。

まあ、一緒に風呂に入ってくれるならなんでもいい。

ハーブ湯というのは聞いたことがある。菖蒲《しょうぶ》湯だって似たようなもんだろう。今までは柚子《ゆず》湯の代わりにレモン湯にしていたのだ。ハーブ湯で問題はない。

「ハーブがいいなんて誰に聞いたんだ？」

「金物屋の奥さんが」

「大家さんか」

今の家を世話してくれた人だ。

大家さんではないらしいが。

ときどきロクサーヌたちと井戸端会議をしているのは知ってる。

変な情報が洩《も》れていなければいいが。

「この間レモンを入れなかったとき、朝に少しだるい感じがありました。お風呂に何かを入れることには確かな効果があったようです。それでいろいろ試してみたいなと」

竜人族のベスタは、朝には体が冷えたり、冷えすぎると無理に発熱したりするらしい。

風呂で体を温めるとそれが緩和されるのだろう。

風呂の恩恵をはっきり受けていたと。

つまり、利き湯ができるということだ。

すごいな。

俺が風呂にレモンを浮かべていたのに趣味以上の理由はなかった。

ちゃんと効果があったのか。

そしてベスタなら、風呂に何を入れるかによる違いも分かるかもしれないと。

「分かった。まあいろいろと試してみるがいいだろう」

「はい。ありがとうございます」

家に帰って、俺は風呂を入れる。

ＭＰ量にだいぶ余裕もできてきたのでバシャバシャと魔法を連発していると、ベスタがハーブを持ってきた。

ハーブが束になっている。

つまりブーケガルニだ。

おいしく煮られそうだな。

狡兎《こうと》死して走狗《そうく》煮らる。

注文の多い料理店。

まあ、迷宮は死せずともうちのパーティーメンバーはおいしくいただくが。

「じゃあこれを入れるか」

「はい。お願いします」

ハーブを風呂に浮かべた。

なんとなく菖蒲湯に似た感じ。

水草の生えているどこかの自然豊かな川に入る感じはするよな。

精神的なリラックス効果に期待できるかもしれない。

そのほかの効用は、どうなんだろうね。

「シェルパウダーの粉を風呂に入れてもいいそうだぞ」

「掃除に使っているやつですか」

「あとはなんだ。クエン酸だから、レモンを絞ったやつにシェルパウダーの粉を入れると、細かい泡がたくさん出て、これもお風呂にいい」

確か小学校か中学校の理科の実験でそんなことをやったような記憶がある。

炭酸水ができるんだよな。

つまり炭酸泉だ。

「へえ。そうなんですね」

「やったことはないから分量とかは分からないが。いろいろとやってみれくれ」

「はい。試してみますね」

ハーブをお湯に浮かべて、風呂を入れ終えた。

風呂はしばらく置いておいて、先に夕食にする。

今日は魚はない。

なぜならば。

「明日は帝国解放会の入会式だ。早朝と午前に迷宮に行って、昼からは休みにしよう」

夕食のとき、明日の予定を話した。

エステルから言われた入会儀礼がある。どうせ立ち会えないのだから、休みにするのがいいだろう。

「ありがとうございます。お休みをいただけるのですね」

「そうだ。まあ半休というやつだな。ロクサーヌは何がしたい？」

「そうですね……」

ロクサーヌは思案顔だ。

どうせ迷宮へ行って魔物の攻撃をさけまくるとか、そんな感じだろう。考えているのはどの魔物がいいかということだな。

魔物と戦うことの気分転換に魔物と戦ってリフレッシュできるのはロクサーヌだけだ。

「セリーは、図書館か解放会の資料室か？」

「はい。せっかくですので資料室に行ってみたいと思います」

「ミリアは、釣りだよな」

「はい、です」

この二人については、ほとんど聞くまでもない。

ミリアの顔が輝いていた。

釣る気だ。

つまり明日の夕食は魚になる。

「休みとは、どういうことでしょう？」

ベスタのほうを見ると、質問してきた。

そういえばベスタが来てからは初めての休みか。

「明日は、少し迷宮にも入るが、昼からは自由に過ごしていい」

「そんなことを。よろしいのですか」

「たまにはリフレッシュすることも必要だろう」

「ありがとうございます」

ベスタが頭を下げる。

「半日だが好きなことをしてくれ」

「はい。それならちょうどよかったです」

「そうなのか？」

セリーやミリアと同様、ベスタにもやりたいことがあるらしい。

あら。

この件ではロクサーヌのほうが少数派なのか。

いや。迷宮の階層をどんどん上がっていくことについても、強硬タカ派のロクサーヌは少数派に違いない。

絶対にそのはずだ。

「お風呂によさそうなハーブがないか、探してみます」

ハーブなのか。

しかし探すといって、どうするのか。

「あてでもあるのか？」

「金物屋の奥さんに聞いてみます」

これも大家さんか。

井戸端会議で機密情報がダダ洩れのような気がする。

まあそれがベスタのやりたいことなら、自由にやってくれればいいだろう。

「ふうん」

「あ、それなら私も話を聞いて、庭の手入れとかやっておきたいと思います」

ロクサーヌも参戦か。

ロクサーヌがいたほうが変な情報は洩らさない、かもしれない。

秘密でないと判断したら積極的に開示していきそうだが。

「そうか」

「まあ時間があまるようなら、迷宮にも行っておきたいところですが」

やはりか。

つまりやりたいことが決まっているのは全員一緒と。

「クーラタルの迷宮だと入るのにお金がかかるだろう」

「魔物を倒せば元は取れます。そういえばケープカープの肝がありましたよね。使ってもよろしいでしょうか」

ケープカープの肝は魔物をドライブドラゴンに変化させるアイテムだ。

こういう使い方をするのか。

いや。ロクサーヌのような使い方は考慮されていないに違いない。

低階層の魔物をドライブドラゴンに変化させて遊ぶとか。

ないわ〜。

「まあいいだろう。ミリアから硬直のエストックでも借りておけ」

「いいえ。簡単に倒してしまっては楽しくありません。魔物の攻撃を回避する訓練です」

訓練と書く遊びらしい。

「マーブリーム、です」

「さすがにそこまではきついんじゃないか」

ミリアが変なことを言い出すが、そんな上の階層はきついだろう。

きついよね？

攻撃を回避するだけなら、ロクサーヌには楽勝だろうが。

「なるほど。そこまで行けば確かに少しは鍛錬になるかもしれません」

「いやいや。殲滅《せんめつ》速度が追いつかずに魔物に囲まれる恐れもある」

変なことを言い出すからロクサーヌがやる気になってしまうではないか。

休みに危険なことはやめてほしい。

「ボス部屋なら魔物が追加で来ることはありません。二匹だけです」

ボス部屋で戦うつもりなのか。

さらに危険ではないだろうか。

いや。ロクサーヌならすべての攻撃をさけまくるだろうから、かえって危険はないか。

ボス部屋を占拠してしまうのはダメなような気もするが。

「んん。ブラックダイヤツナ……。んん。釣り……」

ミリアが悩みだした。

マーブリームのボスのブラックダイヤツナを相手にするならミリアも行きたいということだろうか。

釣りより魚の魔物のほうがいいのだろうか。

何が悲しくて迷宮探索を休む日に迷宮に行きたがるのか。

「いやいや。やめとけやめとけ。基本は庭いじりで、ブラックダイヤツナと戦うとしてもあまった時間だけだぞ。もし戦うようならお土産に赤身でももらえばいい」

「んん……。みやげ、です」

なんとか諦めたようか。

別に、無理に諦めさせる必要もないが。

とはいえ長時間迷宮にこもられても危険だし。

「はい。お土産を持って帰ります」

あ。しまった。

ロクサーヌをけしかけることになってしまった。

まあけしかけなくてもロクサーヌのことだからきっと魔物と戦うだろう。

だからこれは問題ない。

問題ないとしておこう。

不安を振り切り、食事を終えると風呂に入った。

体洗いを十全に堪能したあと、ハーブの入ったお湯につかる。

なかなかいい感じ。

緑が目に優しい。

というのはタテマエで、緑の葉が肌を隠すのが妙に艶《なま》めかしい。

見えそうで見えず、しなやかに揺れるお湯と緑に隠れる秘境。ときおりなめらかな素肌が顔を覗《のぞ》かせ、きらびやかに輝く。

着衣のエロス。

チラリズムの極致。

かき立てられる想像力。

思わず目をぎらつかせてしまった。

これは目に悪い。

脳にも悪い。

脳が刺激される。

脳天直撃、これは衝撃、股間で反撃、私も突撃、ベッドで追撃だ。

快進撃の翌朝も、ちゃんと迷宮に入る。

「昨日は入会試験もあったし、今日も半分休みだから、昨日と同じ階層でいいだろうか」

「しょうがないですね。まあ明日からもどうせ上がっていくのですから」

上がっていかないからな。

まあ上がっていくのだろうが。

反論は難しい。

そこはそれ。

明日は明日の風が吹く。

ロクサーヌの了承をいただけたと前向きに解釈しよう。

「そうですね。同じでいいと思います」

「やる、です」

「大丈夫だと思います」

早朝と、午前中にちょっと迷宮に入った。

今日はちょっと暑いかもしれない。

今年一番の暑さだ。

朝は、ベスタのひんやりした肌で気づかなかったが。

こんな日はあまり暑くない迷宮の中で一日過ごしたかった。

愚痴ってもしょうがない。

出かける準備をするか。

「今日は暑くなりそうだな」

「はい。ミリアにはしっかり言い聞かせてますので、大丈夫でしょう」

確かに、こんな暑い日に釣りに行ったら水に飛び込みたくなりそうだ。

ロクサーヌもミリアの行動パターンはしっかりお見通しらしい。

ちなみに、この世界に海水浴というものはないようだ。外に出るのは魔物がいて危険だろうし。

「休みなのでお金を渡そう。今日は半休だが、今まで同様銀貨五枚だ」

「ありがとうございます」

最初にロクサーヌに渡す。

何事も順番が大切だ。

「ロクサーヌはいろいろ必要なものも買ってきてくれたしな。今回は自分のものを買ってくるといい」

「はい」

金額は全員同じだがそこに不満はないようだ。

できればあまり迷宮にも入らないでもらえると安心なのだが。

クーラタルの迷宮は入るだけでお金がかかるのだし。

「次はセリーだ。ロッジは高いみたいだから足りないかもしれない。どうせ俺もロッジにいるから、何かあったら遠慮なく来い」

「はい。ありがとうございます」

セリーは銀貨をアイテムボックスにしまった。

ロッジには入会儀礼で俺も行く。いざとなればなんとかなるだろう。

「釣り道具で必要なものは基本的にはこのお金でまかなってくれ。釣具屋はこのあと行く」

「はい、です。ありがとう、です」

厳密にいえば、ミリアが釣った魚を食べたりするのだから、その分は俺が買い取ってしかるべきではあるよな。

ミリアもそんなことは要求してこないが。

そのうち新しい釣り竿《ざお》でも買ってあげよう。

「ベスタにも渡しておく。自由に使っていいぞ」

「こんなにたくさん。よろしいのでしょうか」

「好きに使え」

「ありがとうございます。こんなに自分のお金を持ったのは初めてです」

奴隷の衣食住は所有者が責任を持って用意する。

ベスタがお金を持つような必要はこれまでなかったのだろう。

「では、解散としよう。セリーとミリアは一緒に出かけよう」

「分かりました。少し待ってもらえますか」

セリーとミリアが物置として使っている部屋へ行った。

ミリアは釣り道具だ。セリーはどうしたのかと様子を見ると、パピルスと筆記具を用意していた。あれも確かセリーが自分の小遣いで買ったんだよな。

全部が全部呑《の》み代に消えているわけではない。

「ミリア、釣り具屋には行くか？」

「はい、です」

「よし。じゃあ行くか」

二人が戻ってきたので、ロクサーヌとベスタに見送られてロッジへとワープする。

「行ってらっしゃいませ。私たちも出かけてきますね」

「はい。行ってらっしゃいませ」

「おう」

ロクサーヌとベスタは、歩いて外に出るようだ。

ベスタに道が分かるかどうか心配だったが、ロクサーヌが一緒なら問題ないか。どうせ通りに出たら一本道だし。

「これは、ミチオ様、セリー様、ミリア様。ようこそおいでくださいました」

ロッジでは、すぐにセバスチャンが迎えてくれた。

下げる頭の角度も深い。

名前もよく覚えたものだが、今日俺が来ることは分かっているか。

しかしセリーはともかくミリアは予想外だったのではないだろうか。釣り道具も一式持ってきているし。何事かと思うに違いない。

「セリーに資料室を閲覧させたいが、大丈夫か」

「かしこまりました。係の者を呼びますので、少々お待ちいただけますか」

セバスチャンが奥にいる男に何か合図を送り、その人が速足で去る。

走ってはいないが、かなり速い。あっという間にいなくなった。

「何か必要なものはあるか？」

「いいえ。特にはございません。羊皮紙や筆記具、軽食なども、ご用命いただければこちらでご用意いたします」

羊皮紙ときたよ。

銀貨五枚で足りるのだろうか。

「筆記具は持ってきているのですが」

「もちろん、それをお使いいただいて結構でございます」

セリーが尋ねると、持ち込みはオッケーのようだ。

良心的だな。

立ち去った男が女性を一人連れてきた。

やはり速い。女性のほうは小走りになっている。

「こちらのセリー様が資料室をお使いになられる。ご案内を」

セバスチャンがその女性に命じた。

女性がセリーに向かって頭を下げる。

「かしこまりました。それではセリー様、こちらへお越しください」

「もしなんかあったら呼べ」

「はい」

セリーを送り出した。

女性は一転してゆっくりと先導する。

セリーが後ろをついていった。

「今日は入会儀礼があるから、またあとから来る」

「かしこまりました。お待ちしております」

セバスチャンにはまた来る旨を告げ、ミリアを連れて外に出る。

外に出るといっても場所は非公開だが。

図書館のロビーに出た。非公開とはいえ一度家に帰るよりも近い。

ミリアと二人で釣具屋に入る。ミリアは、ロクサーヌほど買い物に時間はかけず釣り針だけを買った。

ここで時間をかけるよりこのあとの釣りが楽しみなのだろう。

いや。店員と釣り道具談義をしようにも通訳のロクサーヌがいないからかもしれない。

ブラヒム語は結構話せるようになってきているが、専門分野はまた勝手が違うだろうし。

専門用語だとロクサーヌが訳せるのかという問題もあるが。

釣り針をいくつか買ったのは、大きさの異なる針で違う魚を狙ってみるつもりなのか。

予備ということもあるのかもしれない。

壊れたり根がかりしたりするだろうし。

「こちらの針は一個二十ナール、こちらにあるのが三十ナールになります」

「これでいいか？」

「はい、です」

ミリアからいったん針を受け取って、俺が店員に差し出す。

「二十ナールの針が四個に三十ナールの針が二個ですね。先日お勧めのセットを購入していただいたお客様ですから、今回は特別サービスで九十八ナールで結構です」

ミリアだけ買い物が三割引だが、食べる魚を本来買い取らなければいけない分と相殺ということでいいだろう。

ミリアが取り出した銀貨一枚を払い、つりの銅貨二枚をミリアに戻した。

釣り針の値段は、高いような気もするが、一般的なものではなく貴族の趣味らしいのでこんなものかもしれない。

釣具屋からハーフェンの磯にワープする。

ハーフェンは北にあるのでクーラタルより暑くなさそうか。

海に入れない温度ではないが、ロクサーヌも注意したみたいだし入らないだろう。

「では迎えに来るまでこの辺りでな」

「はい、です」

あまり移動しないようには伝えて、帝都のロッジに移動した。

ロッジのロビーに出る。

ロビーでは、長い廊下の端の方に人が集まっていた。

何かあったのだろうか。

集まっている中からセバスチャンが出てきて俺を迎える。

「お待ちしておりました、ミチオ様。エステル様は、すでに見えられましたが、現在所用ではずしております」

「そうか」

「すぐに戻られると思います」

「あれは何で集まってるんだ？」

人が集まっているところを目線で示し、質問した。

さっきはセバスチャンの後ろにいた人も人波の中にいる。職員の朝礼、時間的に昼礼みたいなものだろうか。

セリーはいないが、セリーを資料室に連れて行った女性はいる。

「ミチオ様もいかがでしょう。エステル様もまもなくあそこから参られると思います」

俺も参加させられた。

セバスチャンに連れられ、人が集まっているほうに向かう。

「おなりになられました」

途中で誰かから声がかかった。

セバスチャンが走り出す。あっという間に集まっている人たちの先頭に立った。

誰か来るのだろう。

廊下の向こう側の扉がゆっくりと開いていく。

そういえば職員の通用口があるとか言っていたな。

会員は使えないという話だったが、エステルもそこから来るのだろうか。

扉は、観音開きになっていて、ロッジの外側に向かって両側に徐々に動いた。

日本式の玄関だ。

この世界の玄関は、なぜか全部内側に向かって開くようになっている。クーラタルにある我が家もそうだ。外に向かって開く日本タイプの玄関は珍しい。

初めて見た。

扉が開いていくと、セバスチャン以下全員がそろって頭を下げる。

あ。

出遅れた。

まあ、職員の専用口だからいいだろう。

総書記のセバスチャンより偉い人でも来るのだろうか。

帝国解放会主席とか。

それはやばそうな雰囲気。

扉の向こうにもズラリと人が並んでいた。

やはり偉い人なのか。

扉の近くに、エステル男爵とハルツ公爵もいる。

扉のこっち側で頭を下げていないのは俺だけだ。

まずいだろうか。

しかしいまさら変換できない。

雰囲気だけに。

人ごみの中からエステル男爵とハルツ公爵の二人がこちらにやってきた。

なんだ。来るのはこの二人か。

驚かせやがって。

「セバスチャン、委細問題ないな」

「はい、エステル様」

「では」

エステルがセバスチャンと言葉をかわし、扉の前で立ち止まる。

ハルツ公爵と二手に分かれて扉の両側に進み、振り返ると中央に向かって頭を下げた。

二人が頭を下げると、向こう側の人波から三人の男が出てくる。

先頭に立っているのは頭の薄いいかついおっさんだが、まあこれはいい。一応伯爵らしいが、公爵までが頭を下げる相手ではないだろう。

そのおっさんの後ろに、もう一人いた。

皇帝ガイウス・プリンセプス・アンインペラ　男　39歳
冒険者　Lv41
装備　オリハルコンの剣　聖銀のメッシュウェア　身代わりのミサンガ

皇帝だそうです。

偉い人です。

公爵も頭を下げます。

俺はどうすればいいのだろうか。

皇帝ということは鑑定で分かっただけだから、あわてて頭を下げるのは違うような気がする。

かといって突っ立ったままでいいのか。

空気読めばよかった。

空気読め。

俺は後ろのほうにいるので大丈夫、だと思いたい。

せめて、心もち頭を低くしておく。

皇帝といっても着ているのはカジュアルっぽいチュニックだ。ごてごてとケバケバしいものではない。鑑定で出た聖銀のメッシュウェアというのは、服の下にでも着けているのだろう。

三《さん》跪《き》九叩頭《きゅうこうとう》みたいなものもないに違いない。

皇帝らがロッジの中に入ると、エステル男爵とハルツ公爵も続いて中に入り、扉が閉められた。

セバスチャンが皇帝の前に進み出て迎える。

「ガイウス様。この場ではガイウス様で失礼させていただきます」

「苦しゅうない。解放会の決まりはよく理解しているつもりだ」

「わたくしめの代にてガイウス様のご入会を賜ること、歓喜に堪えません。まことに喜ばしい限りです」

「これからよろしく頼む」

皇帝とセバスチャンが会話した。

入会するということはまだ会員ではないということだ。

確かに、現皇帝は会員じゃないとは聞いた。

間違ってはいない。

時と場所の指定まではしていない。

そのことをどうか諸君らも思い出していただきたい。

「お。ミチオも来ていたか」

エステルが俺を見つけて話しかけてくる。

文句の一つも言いたくなるが、それは呑み込んだ。

「……はい。ついさっき」

「ちょうどよかった。騒がせたかもしれんが不審がるな」

「はあ」

不審には思っていない。

皇帝だと分かっているので。

「会では世俗の役職など関係のないことだ」

皇帝を紹介するつもりもないらしい。

紹介されたところでどうするのかという話だが。

皇帝だとは知らないふりをしておけばいいのだろうか。

「この者は？」

しかし、俺とエステルが話しているのを見て、皇帝が割り込んできた。

おかしい。

絡んでくるなという空気が出ていなかっただろうか。

空気読め。

「本日入会儀礼を行う予定のミチオです」

「ミチオです」

さすがのエステル男爵も敬語だ。

俺も空気を読んできちんと挨拶する。

それほど深くはないが頭も下げた。

「ミチオか。朕《ちん》のことはガイウスでいい」

いやいや。

一人称がおかしい。

朕のことはガイウスでいいと言われても。

ブラヒム語に特別な一人称はなく、そういうふうに訳されただけなんだろうか。ガイウスが皇帝だと俺が知っているから、こんな日本語になったのだろうか。謎の翻訳機能が忖《そん》度《たく》したのだろうか。

第五十四章　入会式

ミリア

現時点のレベル&装備

暗殺者	*Lv40*
装備	硬直のエストック 鉄の盾 チェインメイル 頑丈の硬革帽子 硬革のグローブ 硬革の靴 身代わりのミサンガ

異世界迷宮でハーレムを

「では部屋へ行くか」

微妙な空気を察したのか、エステルが助け船を出してくれた。さっさと歩き出して、俺たちを先導する。

ありがたい。

俺もすぐに続いた。

何しろ後ろからは異様なプレッシャーが。

皇帝と公爵と伯爵を含む四人がついてくる。

どうなってんだよ。

まあ先頭のエステルも男爵だが。

セバスチャンやその他の職員は置き去りのようだ。

入会式はこのメンバーで行うのだろう。

パーティーメンバーでも立ち会えないらしいからな。

皇帝と一緒の入会式か。

エステルは、階段を三階まで上がり、廊下を進んで一番奥の扉を開けた。

つかつかと中に入っていく。

何もない普通の部屋だ。

俺が入ると、四人も続いた。

「思ったとおり問題なく入会できたようでよかった」

「はい」

公爵も入ってきて、少しだけ言葉をかわす。

続いて皇帝様ご一行。

皇帝の横に立った伯爵は、一目見て分かるいかつい武人だ。

皇帝の護衛だろうか。

豊かな口ひげを蓄え、頭髪のほうはその分寂しげである。上からのぞいたらきっとバーコードだろう。

背も高いから、ベスタでもなければ上から見下ろせないだろうが。

「よし。全員入ったな。準備が整い次第、隣の部屋でガイウス、カルロス、ミチオの入会式ならびに入会儀礼を行う」

部屋の奥まで進んだエステルが振り返り、全員を見渡した。

あくまで呼び捨てなのね。

伯爵じゃないもう一人の男も新規入会者らしい。

皇帝と一緒にロッジに入ってきたのだし、関係者なんだろうが。

「よろしく頼む」

皇帝がうなずく。

「よろしくお願いします」

「よ、よろしく」

皇帝が誰に対して言ったのか分からないが、もう一人の男も続いたので、俺も便乗して挨拶《あいさつ》した。

「入会式には最低会員三名の立ち会いが必要だ。本日は我のほか、ガイウスとカルロスの推薦人であるブルーノ、ミチオの推薦人であるブロッケンが立ち会う」

「ブルーノだ」

「ブロッケンだ」

エステルの発言に続いて、伯爵と公爵が男爵の横に行く。

伯爵は推薦人だったのか。

いかつい武人だが、護衛とかではないらしい。

「では、三人はこの部屋でしばし待て」

挨拶をすませると、エステルが隣の部屋に行こうとする。

待て待て。

俺が皇帝と取り残されるのだが。

皇帝の関係者だろうもう一人の男も残るとはいえ。

すがるような視線を送るが、エステル男爵もハルツ公爵も無視して隣の部屋に消えた。

まあ俺の事情なんか知ったこっちゃないわな。

伯爵まで皇帝を置いて入っていく。

前向きに考えよう。

逆に考えるんだ。貴族の割合が六分の四から三分の一に減った、と考えるんだ。確かにそうなっている。定義にもよるが皇帝は貴族でないと考えれば、この場から貴族はいなくなったともいえる。

「ミチオは人間族か」

「確かに、うけがわれられ」

無理。

皇帝から話しかけてくるとか。

「普段の言葉遣いでよいぞ。ロッジでは対等に話をすることが規定であろう。朕《ちん》の周りの者が使うのは慇懃《いんぎん》な言葉ばかりでな。市井の言葉が聞けると楽しみにしておったのだ」

皇帝陛下が相手では、それは誰だって慇懃な言葉を使うだろう。

「わ、分かった」

「して、卿《けい》は人間族か？」

二人称までがおかしい。

「そうだ」

「だとすると相当に若いの。いくつになる」

「十七歳だ」

インテリジェンスカードを見れば年齢が分かる。

サバは読まないほうがいい。

「その年で入会か。非常に優秀なのだろうな」

「いや、それほどでも」

「いかん。いかんな。謙譲も過ぎれば悪徳となる。他の会員や、入会を認められなかった者たちのことも考えよ」

皇帝にたしなめられてしまった。

確かに、入りたくても入会を認められない人もいるだろうから、その人の前で優秀じゃないとは言えない。

皇帝の言うとおりか。

生まれつき持てる者は覚悟が違うようだ。

「なるほど」

「朕なども年を取ってからの入会だからな」

「それもまた立派なことでは」

「言い訳をさせてもらうと、朕が本格的に迷宮に入るようになってから、まだ日も浅い。

いろいろと忙しい身なのでな」

それはそうだろう。

皇帝なんだし。

逆になんで入るのかと問いたい。

「そうなのか」

「朕の役職などは秘密だが、朕の役目は継嗣《けいし》を作ることだ」

朕とか言っている時点で秘密にする意思があるのだろうか。

しかしとりあえず、俺は知らなくていいことらしい。

俺は知らない。

この人が皇帝だとは知らない。

知らなかったんだ。いいね？

「後継ぎねえ」

「先祖より子孫へ伝えねばならぬものがあるからな」

なんだろう。

江戸時代の名君、上杉鷹山《ようざん》みたいな。

国家は先祖より子孫へ伝え候国家にして我私すべきものにはこれなく候、ってやつ。

国というのは先祖から伝えられて子孫に残すものだから君主が好き勝手にしていいもの

ではないぞということだ。

朕は国家なり、とかのほうが言いそうなのに。

「よく分からんが大変だな」

「朕が本格的に迷宮に入れるようになったのは、第一子が成長して十五歳になり無事成人してからだ。まだ十年にも満たん」

皇太子が十五歳になって後を継げるようになったので迷宮に入れるようになったと。

この世界では乳幼児の死亡率も高いだろう。

確実な後継者ができるまで好き勝手はできなかったらしい。

鑑定によれば皇帝は三十九歳だ。

皇帝の子どもは、十年前に十五だと、現在は二十五歳。

あれ。

微妙に計算合わなくね？

「あー」

「何か不審な点でも？」

「それにしては若く見える」

「言ったであろう。それが朕の役目であると」

十四歳にしてやりまくりなのか。

妊娠期間を一年見れば、十三歳からやりまくりということになる。十五歳で成人だからそこからだとしても、十五にしてやりまくりだ。

皇帝の十五は成人にして性人にして盛人なのか。

うらやましい。

盗んだバイクで走り出してやる。

いや。うらやましいというべきかうらやましくないというべきか。義務としてのセックスは大変だという話は聞いた。

う、うらやましくなんてないんだからね。

「そうなのか。それにしてもなぜ年を取ってから入会を」

「朕などは迷宮を退治せねば存在意義はない。子どもも成人したことだから代わりはいるしな」

皇帝がどこか悲壮な決意を語る。

皇帝もいいことばかりではないようだ。

ハルツ公爵夫人のカシアにしてもそうだったが、この世界の貴族はたいそう立派な考えを持っているらしい。

そういうものなんだろうか。

日本だと、金持ちの子どもは甘やかされてダメなボンボンに育つというのが通り相場だが、イギリスでは貴族の子どもはビシバシ鍛えられるから立派なエリートになるものと相場が決まっている、という話を聞いたことがある。

この世界もそんな感じなんだろうか。

この世界の貴族は覚悟が違うのだろうか。

「そろそろ始めようか」

悲壮な決意になんと応えるべきか戸惑っていると、エステルが戻ってきた。

ナイスタイミング。

「始まるのか」

「全員、これを着用せよ」

男爵は白い衣服を持っている。

同じものを自分でも着ていた。

ぶかぶかのＴシャツだ。

鑑定すると、ダルマティカというらしい。

「ダルマティカか」

「ミチオはよく知っているな。会に伝わる装備品だ。入会儀礼の際にはこれを着ける」

エステルがダルマティカを渡してくる。

「どこかで見たような」

「うちの魔道士が着けている装備品です」

「ああ、そうだったか」

皇帝ともう一人の男が会話した。

やはりもう一人の男は皇帝の関係者のようだ。

うちの魔道士と言っているから同じパーティーなのか。

パーティーメンバーも入会できるのだろうか。

「着けたら隣の部屋に行くぞ」

「エステルよ、複数の人が同時に入会するのは珍しいと聞いたが、そうなのか？」

皇帝がエステルに尋ねる。

「そうだな。我が会長になってから複数の人が同時に入会するのは初めてだ」

はい。重大発言来ました。

エステル男爵は帝国解放会会長だったらしい。

会長なら試験官には十分だろう。

「やはり珍しいのか」

「入会にふさわしい人材はそんなに多くない。三人同時というのはほとんど例がないかもしれん。二人同時というのは、知ってのとおり皇帝が入会する場合には護衛の近衛兵が一緒に入会することが慣例だから、過去にもあったはずだが」

もう一人の男は皇帝の護衛だったのか。

近衛兵の中で一人だけ選ばれるのだから強いのだろう。

さすがに皇帝ともなれば常時護衛が必要らしい。

ここでは伯爵も男爵も護衛なしだ。身代わりのミサンガがあるとはいえ大丈夫なんだろうか。

公爵は、もうどうでもいいが。

「うむ。となれば、やはり入会の順序はミチオを先にしてもらうのがいいだろう」

何か考えていた皇帝が告げる。

「俺が？」

「朕は職業柄、人を敬うことに慣れておらん。ともすれば人を見下すこともあるかもしれん。それはよろしくないだろう。ミチオに先に入会してもらい、卿を師兄《すひん》として敬うようにすれば、朕の驕慢《きょうまん》の心もいささかは和らぐはずだ。三人も同時に入会するのは珍しいという。これも何かの導きに違いない」

いやいや。

言っていることはたいそう立派だが。

敬われるほうの身にもなってほしい。

俺の心が和らがないだろう。

敬われる側の立場は皇帝が身をもって知っているはずなのに。皇帝は敬われて当然だから平然としていられるのか。

「その覚悟、見事」

エステルが言祝《ことほ》いだ。

「やはりそうか」

「入会はミチオ、ガイウス、カルロスの順とする」

「それがよかろう」

順番が決まってしまった。

綸言《りんげん》汗の如し。

皇帝の発言は取り消せないのかもしれない。

というか、護衛のカルロスはあくまでガイウスのあとなのね。

いつも一緒にいる護衛を敬うのではまずいのだろうか。

関係者内部で勝手にやっていてほしいものだが。

「では、準備を終えたらついて来い」

「はい」

しょうがないのでダルマティカを頭からかぶって着用し、隣の部屋に入る。

隣の部屋は、暗かった。細い蠟燭《ろうそく》が二本だけ立てられている。

白いクロスがかけられた細長のテーブルに燭台が二つあり、その向こうに公爵と伯爵がいた。

二人ともダルマティカ着用だ。

エステルがテーブルの向こうに回り、二人の間に入る。

「扉を閉めてくれ」

「分かりました」

エステルの指示で皇帝の護衛が扉を閉めると、隣から来る明かりがなくなり、部屋はさらに暗くなった。

幽玄な雰囲気だ。

蠟燭の小さな光だけがぼんやりと周囲を照らしている。

「ミチオは前へ」

「はい」

エステルの合図で、テーブルの前へ進み出る。

同時に、公爵が動いた。テーブルの横に移動し、エステルと俺を等距離に置く。

「これより、帝国解放会への ミチオの入会式を執り行う。推薦人は推薦の辞を」

「帝国解放会会員であるわたくしブロッケンは、これなるミチオの実力と品性を認め、帝国解放会にふさわしい人物であると推薦するものである。ミチオは帝国解放会に新風と競合を持ち込み、迷宮と魔物の駆除へ力となるであろう」

「ミチオの実力はわたくしエステルが確認した。もしも入会に反対の者がいるならば申し出るように」

反対の者と言ってもここにいるのは推薦人と試験官のほかは今日初めて会った人だ。

たぶんに儀礼的なセリフだろう。

「ミチオの入会に反対者はいないと認める」

少し時間を置いて、もう一人の立ち会い人である伯爵が発言した。

締めるのが彼の役割らしい。

「帝国解放会へのミチオの入会を認める。ミチオは、次の宣誓の言葉を復唱せよ」

「はい」

そんなのがあるのか。

「わたくしは帝国解放会会員として、努力と研鑽《けんさん》を怠らず、迷宮と魔物の駆除にまい進することを誓う」

「わたくしミチオは帝国解放会会員として、努力と研鑽を怠らず、迷宮と魔物の駆除にまい進することを誓う」

「また、帝国解放会内部の情報を洩《も》らさないことを誓う」

「また、帝国解放会内部の情報を洩らさないことを誓う」

エステルの言葉をリピートして宣誓を行った。

内容的に問題のあるような宣誓でもない。

「入会式は以上だ。帝国解放会への入会を歓迎する」

「はい」

「引き続き二人の入会式を行ったあと、新会員には入会儀礼として、自らの性的な恥ずかしい秘密を懺悔《ざんげ》してもらう。帝国解放会会員として強く生まれ変わるために必要な儀礼だ」

そんな儀礼までやるのか。

懺悔をして連帯意識を高めたり、会への帰属意識を持たせたりするのだろう。

イニシエーションってやつだ。

秘密ならいっぱいあるが。

「秘密か」

「帝国解放会に入会した以上、暴露された秘密を明かすことはルール違反となる。どんな懺悔をしてもこの場から洩れることはないので、安心してくれ。なお推薦人については、近すぎる場合もあるため、希望すれば席をはずさせることが可能である。後ろの二人も、入会式の間に何を話すか考えておくように」

「分かった」

「はい」

皇帝と護衛の男が返事をする。

皇帝にまで懺悔させるのか。

いっそのこと、地球から来たことを暴露してしまうか。

ここで秘密を暴露すれば、外部に洩れることなく皇帝や公爵たちだけに俺の秘密を知ってもらうことができる。

何かのときに役立つかもしれない。

ただし、単に異なる世界から来た、では悪ふざけとしか思われないだろう。

冒険者なのに無詠唱で魔法が使えることをばらすとか。

これならその場で検証が可能だ。

目の前で見せられたら、信じざるをえないだろう。

「自慰行為がやめられないなどの告白は聞き飽きている。こちらが認めるまで懺悔を続けさせるので、そのつもりでいるように」

そうだった。

性的な恥ずかしい話じゃなきゃ駄目か。

色魔に関連したことでもいいかもしれないが。

皇帝や公爵だけに秘密を共有してもらうことができるとして、メリットもありそうではあるが具体的にどんなメリットがと言われると難しい。

帝国の下部組織に迷宮と戦うための研究機関でもあったら、格好の研究材料として送られかねない。

懺悔するのは普通の秘密でいいか。

その後、皇帝と護衛の入会式も行われた。

推薦人が公爵から伯爵に替わっただけで、台詞《せりふ》などは全部一緒だ。

決まり文句なんだろう。

「ミチオの入会儀礼だが、余は遠慮したほうがよいか？」

護衛の入会式の後でハルツ公爵が尋ねてくる。

恥ずかしい秘密の暴露は推薦人には聞かせなくてもいいのだ。もちろん聞く人は一人でも少ないほうがいい。

「そう願えるか」

「分かった。席をはずしていよう」

公爵はあっさりと隣の部屋に出て行った。

簡単に引き下がったな。

これも決まりごとだからなんだろうか。

「では、まずミチオから自らの性的な恥ずかしい秘密を暴露するように。我を含めて他の者は、茶化したりせず、誠意をもって拝聴すること。ただし、秘密が十分に秘密でないと判断されるときには厳しく叱咤《しった》すること。ミチオはここへ」

公爵が外に出て再び薄暗くなった室内でエステルが宣言する。

「はい」

エステルに呼ばれてテーブルの向こうに回った。

暗い中、蠟燭の明かりが照らしているのはテーブルの周辺だけだ。聴衆の四人は、姿がぼんやりとしか分からない。

懺悔するにはいい環境なのだろう。

「始めよ」

聞く側に回ったエステルが催促する。

さて何の話をするか。

「昔、近くの店にかわいい女の子の店員がいて、おつりを返すときには必ず俺の手を握って優しく渡してくれた。俺は、この女は俺に気があるに違いないと、ものを買うときはなるべくその店で購入し、その娘の前に並び、細かいお金があってもおつりがもらえるようにわざと大きなお金を出していた。店員の中にはおつりを落とさないようにそういう渡し方をする人もいる、という話を聞いたのはいつのことだったか」

あれは恥ずかしい勘違いだった。

「くだらん」

「よく分からん。どういうことだ？」

「その程度ならよくある話ですよね」

男爵、皇帝、護衛が評定する。

あまり評判はよくないようだ。皇帝におつりと言っても通じないらしい。買い物とか、さてはしたことないな。

「なん……だと？　まさか、あの娘が手を握ってきてくれるのは……」

一人変なところにどストライクだった人がいるみたいだとはいえ。

「その娘の前に並んだというのが分からんが、当然、勘違いしたまま結婚を申し込んだんだろうな」

エステルが突っ込んできた。

この世界にはレジもないだろう。結婚を申し込むというのも、感覚が異なる。

「いや。そこまでは」

「駄目だな。勘違いしたまま告白して、気持ち悪いので二度と来ないでください、と拒否されるまでが一連の流れだろう。そこまでなければ恥ずかしい秘密とはいえん」

「では。初めて行った町で子どもに道を尋ねたら、その後、変質者が女の子に声をかける事案が発生したという注意の出回ったことが」

エステルに拒否されたので次の話を出す。

「たいした話ではないな」

「注意を促すことも人民の安寧のために必要だ」

「よく分からないです」

　これも三人に否定された。

「大丈夫だ。町に出るときには必ずエンブレムをつけた騎士団員と一緒にいるようにしているから、問題ない」

　一人は大丈夫なんだろうか。

「町の中で女の人が俺の後ろにいる人に手を振ったのを見て、俺に手を振っているのかと心臓がばくばくした」

「まだまだ」

「ちょっといいなと思っている女性に世話になったので、ここぞとばかりに八方手を尽くして貴重な食べ物を手に入れプレゼントしたら、これ違う男からもらったことがある、と言われた」

「恥ずかしくもなんともないな」

　エステルにはまったく通用しない。

　約一名、「それはつらい」とか言っているが。

「娼館《しょうかん》の前で入ろうかどうしようか悩み、長時間うろついたことがある」

「足りんな」

「その気持ちは分かる」

気持ちが分かってもらえたのは、もちろん某伯爵だ。

「わざわざブロッケンを外に出したのだから、とてもブロッケンには聞かせられないような話があるだろう」

エステルがアドバイスをくれた。

公爵に聞かせられない話か。

あれを話すのだろうか。

あれかぁ。

「ブロッケンの奥さんのカシアはかなり美人だ。実はほれている」

「それだ。そういう話が聞きたかった」

「朕も見たことがある。エルフの中でもひときわ美しい。相当な美形だったな」

「見たことはないな。だが、見ないほうが幸せか」

「私も見たことはないです。そんなに美人なんでしょうか」

今回は好評らしい。

これか。

「もちろん、ものにしたんだろうな」

エステルが確認してくる。

「いや。そこまでは」

「今すぐ行って押し倒してくるなら、入会を認めよう」

「朕も、公爵には黙っておいてやるぞ」

「大丈夫。貴族の夫婦関係など表面上だけの空《むな》しいものだ。所詮《しょせん》政略結婚だからな。別の男になびくのも早いだろう」

こんなアドバイスをよこしてくる伯爵のことが心配だ。

実体験に基づいているのだろうか。

「さすがにちょっと」

「この程度の告白では秘密の暴露とは言えん」

「認めてやってもいいのではないかという気もするが」

伯爵は認めるほうに傾いてくれたらしい。

エステルは全然だ。

別の話にするか。

「俺のパーティーメンバーには四人の女奴隷をそろえている。四人には手をつけた」

「あの四人か。確かに美人ぞろいではあったな。だが、パーティーメンバーに手を出すくらいは珍しくもないだろう」

「め、珍しくない……」

エステルのダメ出しに、若干一名が驚いている。

手を出そうとして断られたのだろうか。

「その程度のことならブロッケンに秘密にしておくことでもないだろう。ブロッケンも中に入れて全員でつるし上げるか。おい、カルロス」

「もちろん四人全員を毎日平等にかわいがっている」

「ドアを開け……待て」

公爵を中に入れるなどと不穏なことを言い始めたエステルが止まった。

「四人を、毎日、なのか？」

皇帝が御自ら確認してくる。

「そうですが、何か？」

「こ、これが若さというものか」

「しかし若いからといって毎日は」

「朕とて十七、八のころには」

「毎日……四回……」

「今となっては一日一回も難しいが」

「できるかできないかではない。やりたいかどうかだ」

判定員がひそひそと会話した。

「反対だ。ミチオの入会に反対する」

伯爵が声を荒らげる。

反対派に回ってしまったらしい。

「さっきは認めてもいいと言っていたではないか」

「気が変わった」

「しかしここまでの話を突きつけられたら」

「これはやむをえないか」

「確かに」

判定員が引き続き協議した。

議論はいい方向に進んでいるようだ。

約一名を除いて。

「てめえの血は何色だ」

不利を悟ったのか、伯爵が俺に向かって叫ぶ。

「さすがに四人全員に二回戦は大変なので、たまにしかやってない」

「た、たまにだと」

「たまにしか」

「たまにはやっているということか」

「爆発しろ」

聞こえんなぁ。

もちろん、最後の発言は伯爵だ。

やるというなら受けて立つぞ。

貴様の髪の毛一本もこの世には残さん。

なに、簡単なことだ。もともと少ないのだし。

貴様には地獄すら生ぬるい。

「落ち着け」

「ぐぬぬ」

「落ち着かせるためにもう終わらせたらどうだ」

「よかろう。ミチオの入会は認められた。これでミチオも立派な会員だ。生まれ変わった気持ちで励むように」

最後に意見を取りまとめてエステルが宣言した。

取りまとめたというか打ち切らせたというか。

毎日四回は色魔のおかげだけどね。

「終わったのか」

皇帝の護衛が扉を開け、公爵が入ってくる。

「朕はすさまじいものを見た」

「そこまでの秘密が？」

「秘密というより、末恐ろしい」

皇帝と公爵が会話した。

別に末恐ろしくはないだろう。

「次はガイウスの入会儀礼だ。ブルーノはどうするんだ？」

「かまわぬ。朕には聞かれて困ることなどない」

続いて皇帝の入会儀礼が始まる。

強気の皇帝は推薦人の伯爵を外には出さないようだ。

外に出すと、伯爵に聞かれたら困る秘密の自白を強要されたりするからな。推薦人をはずすのもよしわるしだ。

「では、始めよ」

「朕は女の人の胸は大きすぎないのがいいと思う。小ぶりでかわいらしい胸こそが至高だ。何を隠そう、朕の御父様《おもうさま》は胸の大きい女性が好きでな。朕が子どものころは、乳母から侍女までみな胸の大きい人が集められていた。おそらくその反動が出たのだろう。朕は胸だけの女には食傷気味だ」

皇帝が女性の趣味を披露する。

なにげに先帝の趣味まで。皇帝の父親だから多分先帝だと思う。

「それは個人の趣味だな」

「秘密の暴露としては弱い。恥ずかしい趣味ではあるかもしれないが」

男爵と公爵が斬《き》って捨てた。

公爵は先帝と同様巨乳好きのようだ。

カシアも小さいというわけではないだろうしな。さらにいえば、着やせするタイプなのかもしれない。

そうだったのか。

「おまえは何を言っているんだ。胸の小さい女性が素晴らしいのは当然のことだろう。まったく、小さい女の子は最高だぜ」

おまわりさんこいつです。

「子どものころといえば、朕が小さいころに部屋の隅に隠れていて、侍女が知らずに踏みつけたことがあったな。朕が初めて性的に興奮したのはあのときだ」

「それは興味深い」

「あの痛みは、あれでなかなかよかったものだ。朕はあれ以来、女の人の足を見ると少し興奮を覚える。できればまた踏んでほしい」

完全なM気質じゃねえか。

しかも貧乳好き。

セリーには会わせられない。

いや。セリーの胸もそこまで小さいわけではないが。

「侍女がいるなら頼んでみれば」

「それがなかなか気軽にはやってくれんのだ」

尋ねると答えが返ってくる。

頼んだのかよ。

まあ畏《おそ》れ多いのだろう。皇帝だからな。

「ガイウスの立場では難しかろう」

「仕方がないので、今度、侍女が歩く通路に穴を掘らせ、そこに隠れようかと思う」

変態か。

「ここまで暴露すればいいのではないか」

「そうだな」

「認めよう」

判定員には好評のようだ。

完全に変質者の域に達しているからな。

思わぬところで帝国の秘密を知ってしまった。

父帝が乳帝だったために貧乳好きになってしまったMな今上帝。

帝国の恥部に触れた感じだ。

「ただそこまでこだわるなら靴がな」

「ミチオは認めないのか？」

「いや。認めないのではないが、それを楽しむならハイヒールでも履かせないと」

この世界の女性にハイヒールというのは一般的でないようだ。履いているのを見たことがない。

しかし女性に踏んでほしいならハイヒールだろう。

眼鏡をかけ、タイトなスーツを身に着けた年上の女性。口から漏れる甘い吐息と目から突き刺さる冷たい視線。

官能的なフェロモンと怜悧《れいり》な理性とのハーモニー。

そこが足りない。

「なるほど、ハイヒールか」

「魔法使いの女性用の高級装備品だな」

「一度見たことがある。魔法の威力を高めてくれるという話だが、確かにあれで踏まれたら威力が高そうだ」

貴族三人が話し合う。

ハイヒールがこの世界にあったのか。

男性用で魔法の威力が高まる靴はないのだろうか。

高下駄とか。

天狗《てんぐ》が履いたら魔法に威力が出そうだ。

「ハイヒール。確かに。あれなら」

皇帝がつぶやいた。

ハイヒールのよさが分かってもらえたらしい。

「分かってもらえたか」

分かってよかったかどうかは別にして。

「朕が間違っておった。だがどうやってハイヒールを履かせるか。迷宮にでも隠れるか」

そこまでは面倒見切れません。

「危険なことはやめてください」

護衛に止められている。

まあ迷宮に隠れるのはやめたほうがいいだろう。

かといって面と向かって頼んでも、皇帝を踏むなど畏れ多いと断られてしまう。

前途多難だ。

「方法については後々模索するとして、さすがはミチオだ。朕が師兄として敬するだけのことはある」

妙な尊敬を受けてしまった。

そんなことで敬われたくはないものだ。

「その方向で今後も努めるとすれば、ミチオも師として満足であろう。どうだ？」

エステルが俺に確認してくる。

変な道の師ではないというに。

元々不満があったわけでもないし。

「ま、まあ」

「よかろう。ガイウスの入会は認められた。生まれ変わった気持ちで精進するように」

だから精進させるなっての。

「よろしく頼む」

「では最後はカルロスだ。推薦人のブルーノをはずさせることができるが、どうする？」

「大丈夫です」

おまわりさんこいつですの伯爵に聞かれて困ることなど何もない。

と思ったが、カルロスの告白には頭がバーコード伯爵も引いていた。

俺もドン引きだ。

護衛の秘密については、俺から暴露することはできない。

帝国解放会の規定なので。

たとえルールがなかったとしても、触れないのが武士の情けというものだろう。

皇帝といいその護衛といい伯爵といい、帝国は大丈夫なんだろうか。

腐ってやがる。

「これで全員の入会が無事認められた。入会儀礼はここまでとする」

全員の入会儀礼がすみ、エステルが宣言した。

ようやく終わったか。

思ったより長くて疲れたような気がする。

主に精神的に。

「全員の入会を歓迎しよう。道化を演じたかいがあった」

「迷宮と魔物の駆除に力を奮ってほしい」

伯爵と公爵が再び男爵の横に並んで立った。

伯爵のは、道化ではなく真実の吐露であったに違いない。

俺も背筋を伸ばす。

皇帝からは微妙に一歩離れて。横に立つ気はない。

「無事入会をすませた君たちにハンドサインを教える」

「ハンドサイン？」

「帝国解放会の会員であることを示すサインだ。その人が会員であるかどうか確信が持てない場合や、会員である誰かに助けを求めたいときなどに使う。サインはこうだ」

エステルが体の前で手をクロスさせ、左手の手のひらを右二の腕の裏側に当てた。

そんなサインがあるのか。

「これでいいのか？」

皇帝がまねをする。

「右腕は伸ばせ。そうだ」

「こうやるのか」

俺もやってみた。

「まだ君たちには関係ないが、誰かを解放会の会員として推薦しようと考えたときには、相手が会員でないかどうかこのサインを示して反応を見たりする」

ということは俺もやられたはずだ。

驚いて公爵を見ると、公爵がうなずく。

「余もやったぞ」

俺も試されていたらしい。

いつ示されたのかまったく心当たりもない。

そのくらい分かりにくい微妙なサインだ。

会員かどうか分からない人に対してやるのだから、違和感を持たれて会員であることがばればれになってもまずいのだろう。

「誰かがこのサインを示したときには、相手に同じしぐさをやり返す。助けを求められた場合には、積極的に応じ、できる範囲内で支援してほしい。会員同士の友愛のためだ」

「分かった」

一応うなずいておくべきだろう。

俺が助けを求めることもありうる。あまり使う機会はないと思うが。

「ただし、みだりに使うことは厳禁だ」

「そうだろうなあ」

「また、毎年冬には会員総会が開かれる。義務ではないが、積極的に参加してほしい」

会員総会なんていうめんどくさそうなものまであるのか。

まああるんだろうけど。

出席の義務はなしと。

「朕は諸侯会議の時期と聞いたが」

「そうだ。同じ時期に集まってしまうのが好都合なのでな。貴族関係の会員はどうしても多い。詳しい日取りなどはロッジに来れば書記のほうから話があろう」

「となると朕の参加は難しそうか」

皇帝が口を挟んだ。

諸侯会議なんていうのがあるのか。

そして貴族関係者の会員はやはり多いらしい。

カシアや皇帝みたいに義務感から積極的に迷宮に挑む貴族も多いのだろう。

貴族の子どもは赤ちゃんのころからパーティーを組み、他のパーティーメンバーだけが迷宮に入って純粋培養もされる。

魔法使いになれるのも貴族や金持ちの子弟だけだし、強くなる人に貴族やその関係者が多くなるのも道理だ。

諸侯会議というくらいだから貴族が集まるのだろうし、帝国解放会の会員総会も同じ時期にやってしまえということだろう。

フィールドウォークがあるからいつでも集まることができるとはいえ、諸侯会議出席のために帝都にいる時期にやってしまえば都合がいい。

スケジュール調整なども楽だ。

もちろん諸侯会議も帝都で行われるのだろう。

ただし、その時期皇帝は忙しいらしい。

普通に考えれば諸侯会議の主催者でもあるのだろうしな。

報告とか取りまとめとかいろいろある。

皇帝も大変だ。

「あとは、ブロッケンから何かあるか」

「五十階層以上に挑めるようになったら、どの迷宮に入るか書記に伝えておくといい」

公爵が付け足した。

これは俺向けなんだろう。

帝国解放会の会員になると迷宮を倒したとき承認を受けられやすいとかいう話だった。どの迷宮に入るか把握されてなかったとしても、皇帝が迷宮を倒したらそれを疑うやつはいまい。

「ブルーノ、副会長として何かあるか？」

おまわりさんこいつなバーコード伯爵は帝国解放会の副会長だったらしい。

大丈夫なのか、この組織。

「特にはない。帝国解放会は新しい会員の入会を歓迎する。ともに腕を磨き合い、迷宮と魔物を駆逐して、いつの日か解放をなし遂げよう」

「それでは、入会式および入会儀礼は以上で終了だ」

副会長と会長が最後を締めた。

誰かがドアを開け、部屋が明るくなる。

本当にここまでのようだ。

これで俺も帝国解放会会員だ。

「貸し出した衣装はここに持ってこい」

いち早くダルマティカを脱いだ伯爵が呼びかけた。

俺もダルマティカを脱いで伯爵に渡す。

「このあとは、部屋を移って乾杯する。全員移動するように」

エステルも一声かけてからダルマティカを脱いだ。

出たよ、飲みニケーション。

やはりまあそんなものか。

二十一世紀の日本にだってあるのに、この世界ではしょうがないだろう。

「朕のため時間がとれずにすまんな」

「大丈夫だ」

皇帝と伯爵がダルマティカを渡しながら会話する。

「いつもはもっと大きな宴会が催されることもあるが、今日は軽く乾杯するだけだ」

皇帝と伯爵の会話の意味を、横に来た公爵がひそかに教えてくれた。

なるほど。

さすがに皇帝は忙しく、宴会などやっている暇はないのだろう。

皇帝様様だ。

「そうか」

「ミチオも無事に入会したので、うちでもささやかな祝宴を開きたい。明日でどうか」

「分かった」

「では明日、日が暮れてからでいい。パーティーメンバー全員で来てくれ」

部屋を出て移動するエステルの後ろについていきながら、公爵と話をする。

推薦してくれたのだし、断ることはできないだろう。

いまさら断る手もないが。

「お待ちしておりました。入会式は無事おすみになられましたでしょうか」

廊下を進み階段を下りると、セバスチャンが待っていた。

「終わった」

「お部屋はこちらに用意してございます」

部屋まではセバスチャンが誘導する。

総書記が部屋のドアを開け、全員が中に入った。

最初に来たときと同じような広くて豪華な会議室だ。皇帝も使うことがあるなら、確かにこの豪華さも納得だ。

エステルがテーブルの向こうに回った。

公爵も俺の横を離れて向かう。

テーブルの向こう側が上座なのだろう。

向こうにいったのは貴族三人。

新会員三人はこっち側か。

皇帝だからという特別扱いは本当にないらしい。せめて皇帝は真ん中だろうから、俺は端に座った。

「我にはデュンケルを。ブロッケンとブルーノは好きなものを頼め。新会員にはドワーフ殺しとシュタルクセルツァーを一本ずつ」

向こう側の真ん中にはエステルが座る。

まあ会長だしな。

「かしこまりました」

注文を受け、セバスチャンが部屋を後にした。

ドワーフ殺しなんていう飲み物があるのか。

「新会員は、酒が飲めるならドワーフ殺し、飲めない場合にはシュタルクセルツァーだ。飲まないほうは持って帰ればいい」

ドワーフは水代わりに酒を飲むとか言っていた。

そのドワーフを殺すのだ。

きっときっついのだろう。

新会員いじめは懺悔で終わりではなかったらしい。

「シュタルクセルツァーか」

ドワーフ殺しのオルタナティブで示されたシュタルクセルツァーも、酒を飲まない人用とはいえ気をつけたほうがいいだろう。

きっと新会員いじめの一環だ。

セバスチャンはすぐに戻ってきて、給仕を始める。

ドワーフ殺しもシュタルクセルツァーも準備してあったに違いない。

慣例の新会員いじめなのか。

「こちらがドワーフ殺し、こちらがシュタルクセルツァーになります」

俺たちの前に小さな壺《つぼ》が二本ずつ並べられた。

素焼きではなく釉薬《ゆうやく》のかけられた壺だ。

なかなかに高級品っぽい。

「朕はこのあとまだ執務があるのでな」

皇帝はシュタルクセルツァーを手に取る。

護衛もシュタルクセルツァーを持った。酔っては仕事にならないのだろう。

「では俺も」

「なんだ。誰もドワーフ殺しにいかないのか。まだ栓は取るなよ」

俺がシュタルクセルツァーに手を伸ばすと、エステルが注意した。

さすがに名前がよくない。

ドワーフ殺しだもんな。人間族なら瞬殺だろう。

実は名称は引っかけで、たいしたことはなかったりするのだろうか。

シュタルクセルツァーが新会員いじめの本命とか？

ここまであからさまだとそれもありうるか。

「栓を取ったら、一気に飲め」

「飲む前に壺をよくゆすっておくといいぞ」

なんか公爵と伯爵の指示で読めたんですけど。

壺をゆすれとか。

鬼畜な伯爵だ。

「では。入会と新会員の前途を祝して。乾杯」

「乾杯」

会長の音頭で乾杯する。

コルクみたいな感じの栓を取り、小さな壺を傾けて中の液体を口に注いだ。

炭酸だ。

思ったとおり炭酸だった。

口の中でシュワシュワと泡が駆け巡る。

かなり強いな。

アメリカからの輸入物で安く売られているなんとかコーラみたいな感じ。

もっとも、コーラではなく水だ。

砂糖は入っていない。

ただの炭酸水だ。

「ガイウスなら知っておったであろうが、ミチオも知っていたのか？」

俺が驚くことなくシュタルクセルツァーを飲み干すと、エステルが聞いてくる。

「知らなかったが、昔住んでいたところの近くにも似たような飲み物があった。ここまで強くなかったが」

「あるところで湧いている水でな。中でも特に強いのがそれだ」

自然に湧き出る炭酸水というのがあるのだろうか。

いずれにしても、知らない人が初めて口にしたら吹き出すかもしれない。

いろいろきつい悪戯《いたずら》だ。

「やはりドワーフ殺しが正解だったのか」

「ドワーフ殺しも強い酒だぞ。壺一本を軽く飲み干せる者を我は知らん。ドワーフでもそうはおるまい」

どっちを飲んでも地雷だったんじゃねえか。

性質悪いな。

「朕《ちん》は昔ドワーフ殺しを飲み干すというドワーフの噂《うわさ》を聞いたことがある。そのような剛の者がおったら是非会ってみたいものだ」

「余も知らん。エルフではひとたまりもあるまい」

皇帝や公爵の知り合いにもいないみたいだ。

酒が飲めるから偉くなれるわけでもないしな。

ドワーフの知り合いが大量にいなければそんなものなんだろう。

「まさかセリーが頼んだりしてないよな」

セバスチャンに確認した。

資料室にあるならセリーもドワーフ殺しを飲んでいるかもしれない。

そんな強い酒を飲んで暴れられたりしても困る。

「セリー様は、ドワーフ殺しは仕事に影響が出るかもしれないから水でいいとおっしゃられて」

かもしれない、なのか。

休日であって仕事ではないのだが。

というか、その水はエイチツーオーの水なんだろうかね。

この程度なら水と変わらん、の水に違いあるまい。

いろいろと突っ込みどころの多い返事だ。

「さすがは師兄。そのような剛の者を知っておるとは」

「いや。一気飲みできるかどうかは」

「仕事に影響が出るかもしれないというレベルなのであろう」

やっぱり突っ込まれた。

貧乳好きドMの皇帝にセリーを会わせるのはまずいような気がするが。

「どうなんだろう」

「朕には会わせられないということか」

「セバスチャン、セリーに手がすいているかどうか聞いてきてくれ」

皇帝が不穏なことを言い始めたのですぐにセバスチャンに頼む。

腐っても皇帝だ。

気を悪くされたらとても困る。

ここは態度を変えなければいけない。

君子豹変《ひょうへん》す、小人《しょうじん》は面《おもて》を革《あらた》む。

立派な人は本気で態度を修正するが、そうでない人は外面だけを整えるということだ。

来いと命令はしない。

セリーが忙しいからと断れば、角も立たないだろう。

きっと有能な総書記が空気を読んでくれるはずだ。

「お呼びでしょうか」

というのに、セバスチャンはすぐにセリーを連れてきた。

さすがに総書記は皇帝側の味方か。

しかも早い。

かなり急がせたのではないだろうか。

皇帝はと見ると、特段変わった様子はない。

喜べ、セリー。

皇帝の貧乳試験にはパスしなかったらしいぞ。

伯爵な人は、イエスロリータノータッチだろう。

「あー。セリー、ドワーフ殺しという酒を知っているか?」

「はい。ドワーフの間では有名ですから。祖父なども、昔一緒に飲んだときにこれくらいガツンとくる酒でなければと言っていました。のどが焼けるようにおいしいお酒です」

セリーの祖父は結構昔に亡くなったんじゃないのか?

それなのに一緒に飲んだのか。

この世界に未成年者飲酒禁止法はないだろうとはいえ。

のどが焼けるようにおいしいという形容句は比喩として成り立っているのだろうか。

「ここにドワーフ殺しが一本ある。これを飲み干せそうか？」

「その量なら影響はないと思います」

「で、ではいってみるか」

セリーに渡す。

資料室では影響が出るかもと断ったらしいが、どれだけ飲むつもりだったのだろうか。

「よろしいのですか。高いお酒ですが」

「一気にいけ」

「ではいただきます」

セリーが栓を取り、壺から直接酒をあおぐ。

単に水でのどを潤すかのように、ごくごくと飲んでいった。

「おおっ」

皇帝も驚いてる。

その皇帝の目の前で、セリーはドワーフ殺しをあっさりと飲み干した。

豪快だな。

平気なんだろうか。

強い酒らしいが。

「大丈夫か？」

「はい。たいした量でもありませんし」

確かに小さな壺だから、量はたいしたことないだろう。

それでも、水でも飲むように飲んでいた。

ひょっとして、本当に水だったのではないだろうか。

と思ってセリーから受け取って壺の匂いをかいでみるが、完璧にアルコールだ。

「たいしたものだな」

「はい、たいしたお酒ですね。ルッソの三十年物か、同等の品でなければここまでのまろやかさは出ないと思います」

「さすがはセリー様でございます。当ロッジではルッソのブライテスト、三十年物を用意させていただいております」

セリーのテイスティングをセバスチャンが是認する。

ただのきつい酒にまろやかさとかあるのか。

「すごいな。朕のも飲んでみるか」

皇帝が壺を見せた。

「朕？」

「これだ」

セリーが首をかしげていると、皇帝はセリーに直接壺を差し出す。

いや、俺が何も言わず、受け取らないでいたせいか。

いったんは俺が受け取るべきだったのだろうか。セリーが皇帝から直接受けていいものなのかどうか。

まあ俺はこの人が皇帝だと知らないことになってるからいいだろう。

セリーが皇帝から銘酒を賜る。

客観的に見るとたいそうな場面だ。

セリー本人がどこまで気づいているかは不明だが。

「さすがに量を飲むと少し酔うかもしれません」

だからなのか、簡単に断ろうとしやがる。

「少しくらいなら酔っても大丈夫だろう。いっとけ」

あわててセリーに押しつけた。

朕の酒が飲めんのか、とか言い出されたらどうするつもりだ。

「……はい」

セリーが一度セバスチャンを見てから、栓を抜く。

俺の意見よりセバスチャンの意見が大切なのか。

いざというときに助けてくれそうなのは老紳士かもしれないが。

だが残念、そいつは皇帝側だ。

セリーは皇帝の酒も簡単に飲み干した。

「おおっ。まだいけるのか。カルロス」

「はい」

護衛が皇帝に壺を差し出し、それが改めてセリーに下賜される。

わざわざ大仰にすることもないだろうに。

そういうものなんだろうか。

セリーが三本めの壺も飲み干した。

「それだけ飲んでも大丈夫なのか？」

「少し気分がよくなってきました。いささか酔ってきたようです」

皇帝のご下問に対して、セリーが冷静に答える。

酔った人は酔ってないとか言うものだが。

あくまで冷徹だ。

酔っても頭脳派なのか。

「さすがに三本も飲めば酔うか。見事である。何か困ったことがあったら朕を訪ねて来るがよい」

「はい。ありがとうございます？」

セリーの返事が疑問形になっていた。

というか、訪ねていっても多分門前払いだ。

文字通りの意味で。

「では、名残惜しいが公務に戻るとするか」

「そうですね」

皇帝と、続いて護衛が席を立った。

この場にいてもセリーが皇帝を踏むことはないだろうしな。

向こう側の貴族三人も立ち上がる。

「それでは、ミチオ。我らも行くのでな」

「明日はよろしく」

「含むところはまったくないので、会員としてがんばってほしい」

三人が俺に声をかけてきた。

伯爵はいかにも含むところがありそうだ。

貴族三人も皇帝と一緒に帰るのか。

一緒に来たのだし、まだ何かあるのだろう。

「では」

「では、師兄ともいずれまた」

会いたくないです。

皇帝様ご一行が部屋を出て行った。

俺とセリーも一応見送りには行くべきか。

「ガイウス様。本日はありがとうございました。またいつでもご行幸を賜りますように」

扉のところまでついていくと、最後にセバスチャンが挨拶して送り出す。

やはりロッジの職員は総出だ。

「行幸って何でしょう？」

「また来いってことだな」

幸い、セリーの知らない用語だったらしい。

職員全員が頭を下げたことよりも気になったのはそこか。

「さすがご主人様のブラヒム語はすごいです」

やはり少し酔ったのだろうか。

セリーがロクサーヌみたいだ。

「そうか」

「でもあの扉は少し変です」

と思ったら、なにやら細かい指摘を。

酔っているがゆえに、だろうか。

日本式の扉は変なのだろうか。

「まあ珍しいタイプではあるよな」

「扉というのは本来内側に開けるものです。でないと防衛の役に立ちません。内側に開く扉だからこそ、何かで押さえるだけですぐに外からこじ開けられなくなるのです」

「そうなんだ」

玄関扉が内側に開くようになっていたのは、そんな理由からだったのか。

日本の扉が外側に開くのは、それだけ平和だからなんだろう。

寺の門とかは日本でも内側に開くようになっている。

戦国時代には寺も軍事施設だ。

ではなんで現代日本の玄関は外側に開くのか。

というのは簡単だ。

自分の家の玄関を考えればいい。

内側に開いたらすぐに靴が邪魔になる。

いずれ悲しきウサギ小屋。

「考えられるとすれば、内側よりも外のほうが重要とかでしょうか」

セリーの思索が続く。

なるほど。

皇帝は外からやってきた。

このロッジは、皇帝が歩いてこれるようなところにあるのだろう。

図書館よりも帝宮側にあるのだし。

つまり外のほうが重要地点だ。

ロッジのある場所が非公開になるわけだ。

「向こうのほうがロッジ側から侵入されることを防いでいるわけか」

「でもそうなっているなら向こうにはどんな重要なものが」

それ以上いけない。

「呼び出して悪かったな」

「いいえ。ご主人様に呼んでいただけてうれしかったです」

「そうか」

呼び出したわびを入れ、話をそらした。

断ってくれればよかったのに。

「あ。すみません。ちょっといいですか」

「なんだ？」

うまく意識がそれたのか、セリーが小走りで移動する。

「仕事ですが、少し酔ってしまったので」

皇帝のお見送りをして戻ってきた女性にセリーが話しかけた。

最初に資料室まで連れて行ってくれた人だ。

仕事というのはさっきから何を言っているのだろう。

「そうですか。仕方がないですね」

「いえいえ、セリー様。恩賜のお酒でございますので」

セバスチャンが割り込んでくる。

「恩賜？」

だからそれ以上いけない。

「仕事っていうのはなんのことだ？」

話をそらすために尋ねた。

「はい。資料室には迷宮の討伐を成し遂げた会員から送られてきた報告書が大量にあるのです。ただパピルスで書かれた報告書も多いため、それらは羊皮紙へ筆写する必要があります。どうせ読むのですから、同時に筆写するアルバイトもさせてもらっていました」

そんな仕事をしていたのか。

確かにパピルスの報告書だと、古くなったらすぐボロボロになるだろう。

そのために羊皮紙に筆写する仕事があるらしい。

コピー機とかないしな。

「そんなことをやってたのか」

「勝手なことをしてすみません」

「別にそれはいいが」

「ただ、酔ってしまったので」

酔ったのでは写し間違える危険があるのだろう。

「セリーに酒を飲ませたのは俺だ。そういうことなので、悪いな」

職員の女性の前に割り込むようにして立った。

小柄なセリーだけに十分に遮蔽《しゃへい》可能だ。

セリーが身を寄せてきて、俺の後ろに隠れるように下がる。

俺の背中に触れるか触れないかくらいの近い距離だ。

セリーが俺の腕にそっと手をそえてきた。

なんかかわいいな。

「もちろんなんの問題もないことでございます。それでは、セリー様の荷物を持ってこさせましょう」

セバスチャンがそう言って職員の女性に指示を出す。

女性が頭を下げて立ち去った。

「セリーもそれでいいな」

「はい」

セリーにも納得させる。

職員の女性は、少し時間を置いて戻ってきた。

女性がセリーにリュックサックを渡す。

「荷物は中に入れてあります。それから、こちらが筆写の報酬です。少し拝見させていただきましたが、丁寧な仕事ぶりです。今日はありがとうございました」

「こちらこそありがとうございます」

セリーが荷物と、報酬の銀貨を何枚か受け取った。

時間がかかったのは、ちゃんと書写できているかどうか確認してきたのか。

読めないような字で書かれても困るだろうしな。

セリーはリュックサックを背負い、銀貨は俺に渡そうとしてくる。

「それはセリーがした仕事の報酬だから、セリーのものにしておけ」

「よろしいのですか？」

「こっちのほうは休みにしたわけだしな」

「ありがとうございます、ご主人様」

セリーがにっこりとほほえんだ。

やべ。

やっぱりかわいい。

いつものセリーと少し違う気がする。

ついにデレ期が来たのだろうか。

単に酔ってるだけか。

「じゃあいったん家に帰るか」

「はい」

あまりにかわいいので、家にお持ち帰りしてしまった。

もちろん家に帰れば二人きり。

セリーと二人きりになったのは初めてかもしれない。

しかも酔っているデレ期だ。

酔っているせいか、セリーはいつもより大胆だった。

家に帰るなり俺の首に腕を回してくる。

小柄なセリーが精いっぱいの背伸びをした。

すぐにベッドに直行する。

セリーはためらいがちながらかわいらしい声を。

色魔をつけずに楽しんだあと、色魔をつけて再度楽しんでしまった。

ちょっと息がお酒臭かったが、許容の範囲内だ。

お互いに楽しんだあと、セリーは静かに寝息を立て始めた。

お湯を作って軽く汗を落とす。

体を拭いていると、二つの反応が家に近づいてきた。

ロクサーヌとベスタか。

パーティーを組んだままなので、こちらからもパーティーメンバーのいる方角が分かるし、二人からも俺たちのいる方角が分かる。

セリーと俺が家に帰っていることに気づいて、戻ってきたのだろう。

「ただいま帰りました」

「ただいま」

二人が家に入ってきた。

やはりロクサーヌとベスタだ。

「おかえり」

出迎えると、ロクサーヌがうれしそうに小走りでやってくる。

「ご主人様、今日はありがとうございました」

ロクサーヌは常にデレ期だな。

最高にかわいい。

「ありがとうございます」

ベスタもすぐに追いついた。

俺よりも背の高いベスタはベスタでこれまたかわいい。

小柄なセリーと楽しんだあとだけに、余計にそう思える。

「時間的にはまだまだ大丈夫だが、もういいのか？」

「はい。ベスタと二人であちこち回って、たっぷり楽しみました」

「新しいハーブの苗や種もいただきました」

この二人も楽しんでくれたようだ。

「セリーと二人で家にいたようですね」

ロクサーヌが指摘してきた。

ばれてーら。

まあ分かったから帰ってきたのだろうし。

やっぱりね。

「あー。ちょっと強い酒を飲ませてしまってな。セリーは今寝かせている」

「ご主人様もお楽しみできたようでよかったです」

完全にばれてーら。

パーティーを組んでいるとメンバーがどの方角にいるか分かってしまうのは問題だな。

「二人とも、どこかもう少し回ってみるか？」

俺の思考が、浮気して女房に貢がされる駄目亭主みたいになっていた。

洋服だろうがアクセサリーだろうがねだられるままになりそうだ。

それもまたやむなし。

「そうですね。ミリアにお土産も必要ですし、あとで迷宮に連れてってくれますか」

貢ぐのは許されたが、迷宮につき合わされることになった。

「そ、そうか」

「ですがその前に。ハーブも植えなければなりませんし」

ロクサーヌが俺の首に手を回してくる。

最初はベスタが、次にロクサーヌが庭でハーブの手入れをした。

ロクサーヌとベスタがハーブを植えつけ、俺も何かを植えつけたあと、迷宮に入る。

お土産用のブラックダイヤツナ狩りだ。

「いつもとメンバー構成が違うので新鮮です」

ベスタも巻き込んだが、大丈夫のようだ。

二人より三人が安心だし。

とばっちりを受けたベスタだが、新鮮とか言っているくらいだからいいのだろう。

ボス戦をこなしつつ風呂も入れ、湯を沸かしたら三人でミリアを迎えに行く。

海岸沿いの林の中に移動すると、ミリアは相変わらず人に囲まれていた。

完全に伝説の釣り師として君臨しているな。

例によって何匹か分け与え、残りを持って帰る。

魚三昧《ざんまい》の夕食に十分な量だ。

「エビもあるのか」

「魚と交換、です」

「それで魚を渡してきたのか」

「今朝獲《と》れた、です」

向こうの人も、釣った魚をただもらうだけではなく、今朝獲ったエビと交換してくれたらしい。

籠《かご》の中に立派な大きさのエビが入っていた。

ちょうど五尾あるな。

「このエビは俺がフライにしていいか？」

「まかせる、です」

タルタルソースはすぐには用意できないが、別にいいだろう。

「ほかにもなんか揚げたほうがいい魚があったら」

「大丈夫、です」

「じゃあ釣ってきた分の料理はミリアにまかせる」

「はい、です」

魚料理はミリアにまかせ、荷物を置いたあと一度買い物に出た。

パンや卵や野菜を購入する。

食材を買って家に帰ってくると、ちょうどセリーが起きてきた。

「すみません。寝てしまったみたいで」

「大丈夫だ。そっちこそ問題ないか？」

「はい。少し寝てすっきりしました。ミリアの料理を手伝います」

セリーはさっきのように寄り添ってきてはくれない。

そっけなくミリアのほうに向かった。

デレ期は終了してしまったみたいだ。

俺はベスタに手伝ってもらって料理を作る。

ベスタにパン粉を作ってもらい、赤身とエビをフライにした。

マグロカツだ。

魚なのに肉のような味わいが楽しめる一品である。

いったん揚げたあと、鍋にお湯を沸かし、少しのワインと魚醬《ぎょしょう》、竜皮を入れて煮込む。

沸騰したところにマグロカツとエビフライを入れ、溶き卵を落とした。

マグロカツの卵とじだ。

　これならソースがなくても十分だろう。

「優しい味わいですね」

「おいしいです。外はしっとりして軟らかく、中はボリュームたっぷりです」

「すごい、です」

「食べごたえがあっておいしいと思います」

　マグロカツの卵とじは四人にも好評だった。

「この、卵の中に入れるという発想が斬新《ざんしん》ですね。とても繊細です。食べなれていないとおいしさが分からないかもしれません」

「駄目なのか？」

「いいえ。ただし、私たちにはおいしくいただけますが、これは食べなれているからだと思います。普通、料理というのはもっと大雑把なものです」

　とりわけセリーが詳細に批評する。

　褒めているんだか、褒めていないんだか。

　デレ期は完全に終了してしまったらしい。

　少し寝ただけですっきりしたようだ。

　きっとドワーフの肝臓は強いのだろう。

いや。

ドワーフのことだから、各細胞で直接アルコールを酢酸にまで分解し、ミトコンドリアのクエン酸回路に入れているのかもしれない。

エタノールは、二日酔いなどの原因となる悪性の強いアセトアルデヒドに分解され、アセトアルデヒドはさらに酢酸に分解される。

酢酸は活性の強いアセチルＣｏＡ《コエンザイム》となる。

アセチルＣｏＡは、通常はブドウ糖を分解してできるピルビン酸から作られて、クエン酸回路に入り大量のエネルギーを発生させる。

つまり文字通り酒が燃料になる。

恐ろしい。

ただ、マグロカツの卵とじが繊細というのは分からなくもない。

卵とじの卵は、強くは主張しない微妙な味だ。

竜皮で出汁《だし》を取っているだけだし。

ミリアが作ってくれた魚スープや、ミリアの指示でロクサーヌが焼いた魚のソテーは、卵とじに比べれば非常に分かりやすい。

素材そのままを組み立てた味ともいえる。

普通はこういう料理が主流なんだろう。

四人は俺の作った料理を食べなれているから、卵とじのよさが分かったと。

そういうこともあるかもしれない。

難しいものだ。

「いいハーブは手に入ったか？」

反省はこのくらいにして、夕食を取りながらロクサーヌに話を振ってみた。

「いいハーブかどうかは分かりませんが、新しいのは入手しました。ね、ベスタ」

「はい。成長したら楽しみです」

ロクサーヌとベスタが二人でうなずきあう。

よく分からないが休日を楽しんでくれたようでよかった。

「セリーは、資料室でいい情報でも見つけたか？」

セリーにも聞いてみる。

一休み入れたから酔いのほうは大丈夫だろう。

「そうですね。ダメージ逓増のスキルが、かなり使えるようです」

「ダメージ逓増？」

「はい。同一の相手を攻撃したときに、一回めより二回め、二回めより三回めと与えるダメージが増えていくスキルです。魔法にもちゃんと乗ります」

「すごい有用だな」

使えそうじゃないか。

どれだけ増えていくかにもよるのだろうが。

とはいえ、階層が上がって魔物を倒すのに必要な攻撃の回数も増えている。小さな効果でも積み重ねればすごいことになるだろう。

デュランダルには、もう空きのスキルスロットがないので、つけられないのは残念か。

これはセリーの知らないことだが。

魔法のダメージが増えていくならありがたい。

「実は、スキルの存在は知っていましたが、そんなにたいしたスキルではないと思っていました。なにしろ同じ人が同じ魔物を続けて攻撃しなければなりません。その間にパーティーメンバーが攻撃してしまうと、最初に戻ってしまうのです」

「あー。それは厳しいか」

一人一匹とかで振り分けないと、何のためにパーティーを組んでいるのかということになるよな。

あるいは、攻撃は魔法のみにして、前衛陣は回避専念とか。

それだとミリアの石化も使えなくなる。

意外にダメじゃないか、ダメージ逓増。

「しかし、パーティーメンバー六人全員のアクセサリーにダメージ逓増をつけると、パーティーメンバーの攻撃でもダメージは増え続けるようです。とんだ裏技です」

「ほうほう」

「その報告を書いた人は、パーティーメンバー六人全員のミサンガにダメージ逓増のスキルをつけて迷宮の討伐を成し遂げたそうです。魔法に頼らずに迷宮を制覇した偉人です。そういう使い方があるとは知りませんでした」

　いいスキルならなんで今まで教えてくれなかったのかということだよな。

　六人全員のアクセサリーにつけなければいけないと。

　そうすれば、魔法を使わなくても迷宮最後のボスを倒せるほどになるらしい。

　魔法より武器を使ったほうが攻撃力は小さいだろうから、その分、恩恵だって大きいのだろう。

「迷宮を制覇したのか」

「最後のボス戦はひやひやものだったそうですが」

「迷宮最後のボスには装備品を破壊する能力があるからな」

　ただし、ダメージ逓増をつけたアクセサリーを破壊されてしまうとお手上げになる。

　綱渡りのような一戦だ。

　まさに薄氷を踏む思いだっただろう。

「六人分のアクセサリーをそろえなければいけないこと、身代わりのミサンガとの併用ができないこと、という問題点もあります。そのため帝国解放会の内部でもダメージ逓増のスキルは絶賛とまではいえない評価になっているようです。今まで、身代わりとダメージ逓増の二つのスキルをつけることに成功した例はないようです。ですが」

　セリーが俺を見てきた。

　デレ期の再来か。

　そうじゃないことは分かるが。

　ミサンガの最大空きスキルスロット数は、多分一だ。今まで二以上のものは見たことがない。

　だからスキル二つはつけられない。

　しかし、ミサンガだけがアクセサリーではない。

　指輪やイヤリングといったアクセサリーもある。そちらにつければいいだろう。

「ダメージ逓増か。ルークに依頼してみるのもいいが、六枚ともなると大変か」

「ダメージ逓増のスキルにはハチのスキル結晶とコボルトのスキル結晶が必要です。ハチのスキル結晶だけだとダメージ増進というスキルになります。はっきり違いが分かるほどダメージ逓増のほうが効果は上のようです」

　ダメージ増進の上位スキルがダメージ逓増と。

ともにハチのスキル結晶を融合して得られるスキルか。

「まあハチのスキル結晶というのも納得だな。アナフィラキシーショックだ」

「アナ？」

ハチの毒は、最初に刺されたとき体に抗体ができて、その抗体が次に刺されたとき過剰免疫反応を引き起こすことがある。

アナフィラキシーショックだ。

一回めに刺されたときよりも二回めに刺されたときのほうが被害が大きい。

一回めより二回め、二回めより三回めとダメージを増やしていくハチのスキル結晶は、敵に毒を埋め込んでいくようなものなのかもしれない。

「ハチの毒というのは、最初に受けたときよりも二回めに受けたときのほうがダメージがでかい。最初の攻撃で体の中に毒に対する準備を作らせ、次の攻撃のときにそれを爆発させるんだ」

デレ期を脱したセリーのために披露した。

少しは尊敬してくれるだろう。

抗原抗体反応とか言っても分からないだろうが。

「うーん。そんな話は聞いたことがありませんが。そもそも、そうだとしてもなぜハチのスキル結晶がダメージ増進のスキルになるのかの説明になってませんし」

ありゃ。駄目だった。

まあそうだよな。

それにこの世界のハチの毒が地球と同じという保証もない。

「そうなのですか。さすがご主人様です」

ロクサーヌだけが心の友だ。

「貝、です」

「ミリア、そうなのですか？」

「××××××××××」

「貝の毒は、最初に食べたときは症状が大きくないそうです。ただし、一回でも食べると次に食べたときに重篤な症状が出てしまい、死に至ることもあるようです。ミリアはそうなる理由を初めて聞いたと言っています」

ロクサーヌが翻訳してくれた。

そういえば、この世界の貝は毒を持っていて食べられないのだった。

ドロップアイテム以外は。

貝の毒でアナフィラキシーショックになるのか。本当だろうか。

ミリアが尊敬のまなざしを向けてくる。

セリーには通用しなかったがミリアにヒットした。

違いませんように。

「貝でもそうなら、そういうこともあるのかもしれません」

いや、多少は通用したのか。

セリーもうなずいている。

「アナ、アナ、です」

「アナフィラキシーだ」

「アナフィラキシー、です」

別に覚えなくていい。

というか、ブラヒム語に翻訳されてないからアナフィラキシーのままだし。

まあミリアのことだから明日には忘れているだろう。

―・第五十五章　ルティナ

ベスタ

現時点のレベル＆装備

竜騎士　*Lv41*

装備　鋼鉄の剣
鉄の剣
鋼鉄のプレートメイル
硬革の帽子
鋼鉄のガントレット
鋼鉄のデミグリーヴ
身代わりのミサンガ

異世界迷宮でハーレムを

「とうとうこの日が来てしまったが」

翌日も早朝から迷宮に入る。

いよいよ四十四階層のボス戦だ。

そこを抜ければ、四十五階層。魔物の強さがまた一段上がることになる。

「この日、ですか？」

ロクサーヌは理解していないようだが。

大丈夫だ問題ないと言って連れてきたのはロクサーヌなのに。

しかし、それもここまで。

さすがにこれ以上一日一階層ずつ上がっていくわけにはいかない。

「四十四階層のボス戦を突破すれば四十五階層となるが」

「はい、そうですね」

最後まで聞け。

「ここまで駆け足に階層を上がってきて、さすがに厳しい戦いとなってきている」

「いえ、このくらいではまだ」

だから最後まで聞けと。

「厳しくなってきているのは確かだと思います」

セリーを見ると、フォローしてくれた。

さすがはセリーだ。

冷徹な判断を下してくれる。

「まだやる、です」

「大丈夫だと思います」

残りの二名には期待していない。

「さすがに、いつまでもこのまま上がっていくわけにはいかない。必ずどこかで行きづまる。迷宮で行きづまることは危険だ。そこで、当面は四十四階層で一息入れたいと思う。四十五階層ではまだ戦わない。しばらくは四十四階層のボス戦を中心に戦っていこう」

「む。そうですか」

ロクサーヌが考えているな。

あと一押しか。

「調子がいいときには、かえって足元を見つめなおすのがいい。無理をすれば危険なことになりかねない。それは許容できない。誰一人欠けることなく進みたいのだ」

「誰一人欠けることなく……。はい、それはそうですね」

ロクサーヌから譲歩を引き出した。

「いつまでもこのままは進みませんから、しばらくは四十四階層でいいと思います」

セリーもすぐに賛成意見を表明してくれる。

「やる、です」

「大丈夫だと思います」

となればこの二人ももうな。

おまえら何も考えてないだろ。

「それでは、そういうことで」

「はい」

よし。

説得した。

無事にロクサーヌから肯定意見を得ることができた。

こんなにうれしいことはない。

俺にはまだ帰れる場所がある。

「でも、期限とか、どうするのでしょう」

だというのに、セリーが難題をぶっこんできやがった。

「期限ですか？」

ほら。ロクサーヌが興味をひかれてしまったではないか。

「はい。それを考えておかないと、いつまでも四十四階層ということになりかねません。ずるずる続けてしまうことも問題ではありますし」

「それはそうですね」

あ、はい。

ロクサーヌなら、もちろんこれに加担するに決まっている。

セリーめ。

まあ確かに、どのくらいまで四十四階層に滞留するのか、なんらかの目安を持っておくことは大切ではあるかもしれない。

出口戦略というやつだ。

どのくらいまでとどまるのか、もしくは何ができるようになるまでこもるのか、それを考えておけという話は分かる。

合理的なセリーらしい。

あるいは、俺のことを見て、このままだといつまでも四十四階層にい続けると判断したのかもしれない。

正解です。

ずるずるしたっていいじゃないか。

人間だもの。

そんなこと、今日は考えなくっていい。

明日できることは明日やれ。

「まあ大丈夫だ。いくつか素案はある」

「素案ですか?」

「うむ。いろいろと段階を経ていこう」

「そうなんですね。さすがご主人様です」

セリーよ。ロクサーヌのこの素直さを見習ってほしい。

大丈夫だから。

そんな顔をしなくても問題はないから。

最悪ずるずるいったっていいじゃないか。

人間だもの。

その日は四十四階層のボス戦を繰り返した。

ときおり休息ははさみながら、夕方まで戦う。

四十五階層ではまったく戦ってないし、上の階層にも進まないと決めたから、すっきりと戦えたな。

重しがとれた気分だ。

「そろそろ夕方になりますね」

「お。そんな時間か。まあいいや。今日は、またハルツ公爵から招待を受けている」

「招待ですか」

「夕食は向こうでごちそうになろう。来るのは日が暮れてからでいいと言っていたから、まだしばらくは戦えるだろう」

「それならまだ戦えますね」

ロクサーヌの希望通り追加でボス戦をこなすか。

しょうがない、と思ってなにげに確認すると、魔法使いがLv50に達していた。

この間探索者がLv50になって冒険者のジョブを得たのだ。次は魔法使いがLv50になってもおかしくはないだろう。

そして魔道士のジョブも獲得している。

ゴスラーの就いていたジョブだ。

魔法使いLv50で魔道士になれるのだろう。

魔道士　Lv1
効果　知力中上昇　MP小上昇　精神微上昇　体力微上昇
スキル　中級火魔法　中級水魔法　中級風魔法　中級土魔法
下級氷魔法　下級雷魔法

やはり上のジョブになると効果がいい。

そして、スキルは中級魔法になると。

魔道士は魔法使いの上級職だと思っていたが、中級職であったらしい。

スキルの名称は相変わらず中級火魔法とか中級水魔法とかで、実際に使える魔法の名前が分からない。

不親切な。

「セリー、魔道士が使う魔法がどういうのとかって分かるか」

困ったときのセリー頼み。

早速聞いてみる。

「ええっと。はい。確か、バーン、アクア、ウインド、ダート、アイス、サンダーの六種類のはずです」

知ってるのか。

さすが雷電、いやセリーだ。

「ありがとう。魔道士の上にさらにジョブがあるか？」

「あるという説もあります。そこまでいくと伝説ですね」

「そのジョブが使う魔法とかは」

「さすがにそこまでは分かりません」

伝説というくらいだから、そうなんだろう。

中級魔法があるのだから上級魔法を使えるジョブがあることは多分間違いない。

それが本当の上級職か。

魔法までは分からないが。

上級職を得られたとしても魔法を探すのに一苦労だな。

風魔法は、ブリーズ、ウインドときているから、トルネード辺りでどうだろうか。

ほかは分からん。

そのときにいろいろ試すしかない。

「アイス、サンダーが氷魔法と雷魔法だな」

「そうです。どちらも特別な魔法ですね。氷魔法は、魔物の弱点が水属性でも土属性でも効果があるようです。逆に、水属性と土属性の二つの耐性を持っていないと、ダメージを減らすことはできません」

氷魔法は水と土両方の性質を併せ持つようだ。

固体が土の特性ということか。

魔物はいろいろの組み合わせで出てくるから、有効な場合もあるのだろう。

弱点にはならなくても、耐性も両方持っていないといけないなら使える敵は多い。

「なるほど」

「雷は、弱点とする魔物がいない代わり耐性を持つ魔物もいないという特殊な属性です。また、雷魔法を浴びると麻痺《まひ》状態になることがあります。その点でも優秀な魔法です」

雷魔法は特に俺にとって有用な魔法かもしれない。

なぜかというと、俺には遊び人と複数ジョブがある。

遊び人のスキルに雷魔法をセットすれば、雷魔法を一度に二発撃てる。単純計算で倍の魔物を麻痺させることができるのではないだろうか。

ならなければ一発ずつ交互に放ってもいい。

さらにいえば暗殺者の状態異常確率アップと組み合わせることもできるかもしれない。

これは楽しみだ。

ただし、ジョブをどうするかは問題だ。

今現在冒険者を育てている段階で、あれこれ別のジョブをセットする余裕はない。暗殺者や博徒まではとても手が回らない。

遊び人、魔道士、魔法使いと並べれば、おそらくは魔法を三発連続で放てるだろう。

素晴らしい。

魅力的だ。

そのためには、冒険者を諦める、探索者を諦める、神官を諦める、英雄を諦める、いろいろ考えなければならない。

魔法使いは雷魔法を使えない。遊び人に雷魔法を設定するなら、魔法使いをファーストジョブにしても運用上問題がない。

探索者を諦めるのが現実的だろうか。

探索者と魔法使いは現在ともにLv50だ。ここから上はレベルアップがさらに大変になると予想される。Lv30、Lv40で一段レベルが上がりにくくなったから、Lv50もやはりそうだと考えるのが妥当だろう。

探索者と魔法使いのレベル差が開くことはあまりあるまい。

探索者のほうが早くLv51に達するだろうが、ボーナスポイント1ポイントの差がそこまで致命的ということもない。

探索者ははずしてもいいか。

問題があるとすればインテリジェンスカードのチェックか。

探索者をはずすなら、アイテムは冒険者のアイテムボックスに入れることになる。チェックのときに冒険者をファーストジョブにすることはできない。

探索者をファーストジョブにつけることはできるので、現状と変わらないだけだが。

冒険者でなければ、魔法使いでも探索者でも大差ないような気はしないでもない。

いつチェックを受けても冒険者だと胸を張れる日は来るのだろうか。

「使えるのは、ボール、ストーム、ウォールで変わりないか？」

「確か三つだと聞いています」

「そうか」

そこは変化なしか。

「ええっと。もしかして？」

セリーにはすっかりお見通しのようだ。

「うむ。魔道士のジョブを獲得した」

「さすがご主人様です」

ロクサーヌがしっかりと褒めてくれる。

「すごいです」

セリーも感心していた。

そうだろうそうだろう。

「これですぐに上の階層へ行けますね」

「なるほど。魔道士を待っていたのですか。確かに、戦力が一段アップしたとはいえるでしょう。適切なタイミングかもしれません」

げ。

二人がなにやら勘違いを。

素案があるとは確かに言ったけど。

言いましたけど。

「い、いや。さすがに早すぎた。もうちょっとあとになるかと思っていたのだが。まだ今は力をためるべきだろう。まあきっかけはまだほかにある。今回は四十四階層継続でいい」

探索者、魔法使いとLv50になったが、次は結構遠そうなんだよな。

時間はかかる。

しかし、四十四階層にとどまることをせっかく勝ち取ったのに、すぐに捨てるのは惜しい。まだしばらく四十四階層がいい。

「うーん。まあそれもそうですか」

「確かに、全然力をためられてはいないですね」

よし。勝訴。

早々に魔道士になってしまって一瞬あせったが、早いことがかえって幸いした。これが二、三日後に魔道士になっていたら、ロクサーヌたちも引き下がらなかっただろう。

災い転じて福となす。

人間万事塞翁が馬。

うまくいったのだからこれでいいだろう。

ためしに、中級魔法も使ってみるか。

バーンウォールと念じてみた。
炎の壁ができる。
セリーの言ったとおり、中級火魔法はバーンでいいようだ。
バーンウォールは、ファイヤーウォールより一回りは大きいだろうか。
大きいだけではなく、厚い。
厚みは結構違うだろう。
そして熱い、ような気がする。
こっちは気のせいかもしれない。
手を入れてみるつもりはない。
ＭＰ消費も少し多い、と思う。
感覚でしか分からないので、明確ではないが。
多いと言われれば多いだろう。
魔法が解け、火が消えた。
「魔道士になると少し大きいようだ」
「さすがご主人様です。これなら、上の階層へ行ってもやっていけるでしょう」
行かないからな。
「確かに威力が上がったように思えます」

「すごい、です」

「すごいと思います」

好評のようだ。

まあ戦力が上がるからな。

上に行こうと言うのも分からないではない。

「やはり本当に魔道士に。魔道士など上位のジョブを得るには、十年以上も研鑽《けんさん》しないといけないそうですが。ドープ薬ではうまくいかないそうですし」

セリーがぶつぶつつぶやいているが、信じてなかったんかい。

「ご主人様なら当然のことです」

セリーに出会う前に十年単位で修行していた可能性について思い当たってもいいのではないだろうか。

もちろんそんな鍛錬はしていないが。

ロクサーヌのこの素直さを見習ってほしいものだ。

そしてドープ薬では上位職はうまく得られないと。

ドープ薬で強化しても必ずしも強くはなれないそうだから、ドープ薬でレベルアップしてもステータス上昇はないか、少ないのではないかと思う。

もし魔道士を取得する条件にステータス値が含まれていれば、ドープ薬でレベルを上げてもジョブは得られない。

大量に使ってしまうと悲惨なことになりそうだ。

「よし。それでは戦ってみるか」

「はい。こっちですね」

ロクサーヌの案内で魔物とも戦ってみた。

まずは中級火魔法からだ。

確認が終わるまで、遊び人のスキルは変えないでおく。

バーンストーム、ファイヤーストーム、ファイヤーストームと念じた。

魔道士、遊び人、魔法使いによる魔法三連撃だ。

ちゃんと発動しているか、見た目だけでは分からないが、失敗はしていないから発動しているだろう。

魔法を繰り返し撃っていくと、戦いはすぐに終わった。

早いな。

ここのところなかったほどにあっさりだ。

さすがは中級魔法。威力が半端ない。

その分、多分ＭＰ消費も増えているだろうが。

まあそのくらいはしょうがない。

MPはデュランダルを使えばいくらでも回復できる。多少増えるくらいはなんの問題にもならない。

今は石化した魔物をデュランダルで削ることも多くなっているし。

石化した魔物を攻撃することの何がいいって、反撃を受けないことだよな。安心して乱れ打ちができる。

「これは結構すごいな」

「はい。さすがはご主人様です」

「魔道士の魔法はやはり威力があるようです」

「早い、です」

「こんなにすごいとは思いませんでした」

女の子が早いとか言うんじゃありません。

ドロップアイテムを受け取り、次に向かった。

別の属性も試してみる。

火魔法以外も変わりはないか。

次は氷魔法だ。

アイスストーム、ファイヤーストーム、ファイヤーストームと念じた。

火の粉と、雪の粉みたいなのが宙を舞う。

これ、火の粉が氷を溶かしてしまうのではないだろうか。

氷魔法と火魔法を一緒に使ったら威力が弱くなるとか。

セリーはなんにも教えてくれなかったが。

いや。俺が氷魔法と火魔法とを同時に使えるのはジョブを複数持てるからだ。この世界では氷魔法と火魔法を一緒に使って相殺させてしまうことはあまりない。だから知られていない、という可能性もあるか。

どうせテストだ。

最後まで氷魔法と火魔法の三連撃で戦った。

やはりこの組み合わせだと威力が下がるか。

少し時間がかかった。

アイスストームとファイヤーストームの組み合わせは駄目か。

いや。あるいはそうではないのか。

氷魔法が他の属性より弱いということはありうる。

弱点属性との関係では、氷魔法は他の属性より有利だからな。

威力が同じで耐性的に有利なら、使うのは氷魔法一択になってしまう。耐性的に有利な分威力は弱いと考えておくべきだろう。

次の魔物はアイスストームとファイヤーストームの二連撃で。その次の魔物をアイスストームとウォーターストームの二連撃で戦った。

ウォーターストームなら氷魔法を相殺することはないだろう。

今は遊び人が初級火魔法しか使えないので魔法は二連撃だ。

いろいろ試した結果、別にファイヤーストームがアイスストームを相殺するということはないか。

弱くなるような気もしたが、実際にそんなことはないようだ。

まあ、魔法だからな。

氷魔法と火魔法が干渉することはない。

そして、耐性的に有利な氷魔法は威力が少し弱いと。

続いては雷魔法だ。

四十四階層ボスのシルバーキャタピラーに、サンダーストーム、ファイヤーストーム、ウォーターストームが襲いかかる。

初めてのサンダーストームだ。

火の粉と霧が舞う中、ちかちかと何かが光った気がした。

閃光《せんこう》とか、そんなにはっきりしたものではない。軽く光ったかな、という程度だ。雷だからそれでいいだろう。

感電でもしたら困る。

一回めの三連発でシルバーキャタピラーが一匹動かなくなった。

麻痺だ。

ミリアはもう片方のボスを攻撃しているので、雷魔法で与えた麻痺で間違いない。結構麻痺するものなんだろうか。

「動かなくなったな」

「やった、です」

麻痺したことを教えると、ミリアが襲いかかり、すぐに石化させた。

動かないなら反撃を恐れず無茶苦茶に攻撃できる。石化まであっという間だ。

残ったボスも、ロクサーヌが正面で迎え撃っている間に、ミリアが横から制した。

今回はすぐに終わったな。

四十四階層のボス戦とは考えられないほどだ。

「今のが雷魔法ですか？」

「そうだ」

セリーの質問に答えながら、石化したボスにデュランダルを叩《たた》きつける。

あとはこうやって始末をつければいい。

「雷魔法に火魔法、水魔法も使っているように感じましたが」

「使ったな」

「……」
セリーが絶句した。
三種類の属性を同時に使ったのは初めてだったかもしれない。
魔道士のジョブを得たから使える魔法も一つ増えたのだ。
とは教えてないが。
それだけではすまないだろうし、いろいろ面倒なことになりそうで。
一匹を片づけ、もう片方もデュランダルで攻撃する。
ＭＰも十分に回復したし、ついでに雷魔法も使っておくか。
雷属性の単体攻撃魔法はまだ使ったことがない。
初めてのチャンスだ。
俺はサンダーボールと念じた。
頭上に明るい光の球ができる。ボールに雷光がまとわりついていた。
おおっ。
なんかかっこいい。
いかにもという感じだ。
魔王とか、重要な悪役の登場シーンの背景にありそうな小道具。
稲妻きらめく雷の球だ。

くっくっくっ。

ヤマトの諸君。

私の名はゴア。

サンダーボールが飛んでいく。

石化したボスに命中するが、倒すことはできなかった。

まあしょうがない。

今の攻撃を受けきるとは敵ながらたいしたものだ。

雷魔法を使うと麻痺が出るのは大きいな。

特にミリアの石化攻撃との相性がいい。

これは、遊び人のスキルには雷魔法をセットすべきか。

耐性の問題もあるし麻痺させることもあるのだから、氷魔法と同様、威力は少し弱いかもしれない。というか多分弱いだろう。

それでも、雷魔法を使うメリットは大きい。

雷魔法でどれくらい麻痺させることができるかにもよるが。

それは、明日以降の課題だな。

「今日はこれくらいにしておくかな」

「分かりました。戦闘時間が一気に短くなりましたね。ちょっと物足りないくらいです。

これなら上の階層へ行っても」

「いや。まだまだテストは続けなければならないからな」

最後まで言わせないぞ。

というか、物足りないってなんだよ。物足りないって。

俺ならそんなことはちらりとでも思ったことがない。

一度外へ出て、様子を確認する。

もう暗くなってきたな。ボーデのほうが北にあるが、これなら大丈夫だろう。

ボーデへ向かった。

「団長は執務室です」

ロビーに出ると、受付の騎士団員が告げる。

そっけない。

帝国解放会会員になった祝宴なのに。

まあいつもと同じ対応だ。

いつもこの対応はどうよ、というのは別にして。

祝宴を行うような雰囲気ではない。

あるいは、祝宴の準備で忙しいから勝手に行けということなんだろうか。

いつもこんな感じで勝手に入っていくのだが。

「入れ」

執務室に進んでノックをすると、ゴスラーの声がした。

中に入る。

「ミチオです」

「おお。ミチオ殿。よく参られた」

当然のように公爵もいた。

「お待ちしておりました」

「それでは、ゴスラー。セ二号作戦を発動する」

「え？　は？」

俺を出迎えたゴスラーが困惑している。

なんだ、セ二号作戦ってのは。

ゴスラーも知らないらしい。

ちゃんと打ち合わせしとけよ。

「セ二号作戦だ」

「まさか？」

「決行する」

「は、はい」

作戦自体はゴスラーも知っているのか。

今日行うとは思わなかっただけで。

「悪いな、ミチオ殿。緊急事態だ」

「はあ」

緊急事態なんだろうか。

俺が来るまでいつもと変わらなかったみたいだが。

ゴスラーの様子を見ても。

「すみません。非常召集をかけなければなりません。私は失礼します」

そのゴスラーは、あわてて執務室を出て行った。

非常召集とか。

どうなってんだ?

「では食事に行こうか」

「あー。緊急事態なら」

「いやいや。かまわぬ。まだ時間はある」

まだあわてるような時間じゃないらしい。

緊急事態なのに。

大丈夫なんだろうか。

もっとも、俺たちが来てから非常召集で集めた戦力を俺たちに向かって使ってくるような間抜けはことにはならないと思う。

ならないよね？

そのつもりなら先に準備しておくだろう。

「よろしいので？」

「事態は追って説明する。ついてきてくれ」

公爵が部屋を出る。

ロクサーヌやセリーを見るが、彼女らも分からないと首をかしげた。

そりゃ分かるわけないか。

ゴスラーでさえ分からなかったのに。

仕方がないので公爵についていく。

不安はあるが、俺たちを罠《わな》にはめるつもりならここまであからさまなことはしないだろう。説明も向こうでしてくれるみたいだし。

公爵はこの前と同じ食事会の部屋に進んだ。

夕食は普通に取るのか。

「ようこそいらっしゃいませ。お待ちしておりました」

部屋には着飾ったカシアもいる。

公爵夫人だと普段着かもしれないが。

着飾ったカシアは美しい。

着飾らないカシアも美しいに違いない。

食事もすでに用意されている。

部屋にはほかにも何人かいた。

「すまんが、ゴスラーは緊急の用件で来れなくなった。余とミチオ殿らは会議室で食事を取る。七人分の食事だけ移動させるようにしてくれ」

公爵がカシアに伝える。

「え？　あ……はい」

カシアは、少しの間驚いていたが、すぐに回復した。

部屋にいた使用人に指示を出し始める。

そういえばゴスラーも回復は早かった。

この公爵と一緒にいると鍛えられるに違いない。

朝令暮改も多いのだろう。

「バタバタしてすまんな」

公爵が違う部屋に俺たちを案内した。

特に広くはないが狭くもない会議室だ。俺たちが食事をするには十分だろう。

「いえ」

「夕食はこっちで取る。いろいろと説明も必要なのでな」

説明ならさっきの部屋でもできたと思うが。

なぜ場所を替える必要があったのかは謎だ。料理もすべて運びなおしである。

公爵に振り回される使用人も大変だ。

「そろそろよいか？　手のすいたものは外に出てくれ」

料理などがすべて運び込まれると、公爵が運んできた人たちに告げた。

「飲み物はこちらに」

「ご苦労」

「では、失礼いたします」

水差しを持っていた使用人が頭を下げ、最後に部屋を出る。

部屋には公爵とカシア、俺たちが残った。

「飲み物はそこにあるから各自飲んでくれ。ハーブティーしかないが、かまわぬな」

「はい」

イスに座る。

三つのテーブルをコの字型に配置して、真ん中のテーブルに公爵とカシア、片側に俺、ロクサーヌ、ミリア。俺の向こう側のテーブルにセリーとベスタがついた。

「あの。これはどういう」

公爵と並んで座っているカシアが公爵をただす。

いきなりだったし、カシアにも分からないのだろう。

「カシアには悪いが、必要なことなのだ」

「まさか……。そうなのですか？」

そうでもないか。

カシアには何のことか分かったようだ。

公爵が大きくうなずいてみせた。

「すまん」

「いいえ。そうですか。いつかこのときが来ると覚悟はしておりました」

カシアはなにやらショックを受けている。

悪い事態なんだろうか。

客人を成敗するとか。

公爵は一度カシアに頭を下げると、こっちを向いた。

「この会議室は、会議が終わるまで誰も外に出ない慣例になっている。会食を伴う場合は食事が終わるまでだ。ミチオ殿たちもそのつもりで」

「そんな慣例が」

「必ず会議で決定を下させるためだとされている」

「なるほど」

決めるまで出てくるなということか。

ローマ教皇を選出する選挙みたいなものだろうか。

根くらーべが行われると。

「他には作戦会議などが行われる場合もある」

「作戦会議か」

誰も外に出られないなら、会議が終わるまで情報が外に洩《も》れることがない。

作戦会議には有効だろう。

「何はともあれ、説明の前にまずは夕食からだ。カシアもよいな」

「はい」

食べているような場合なんだろうか。

まあここまで来たら開き直るしかないか。

「皆もいただこう」

不安そうな表情のロクサーヌやセリーを促す。

黙っているのは俺を差し置いて公爵に質問するわけにもいかないからだろう。

早速魚に飛びついたミリアは、何も考えていないに違いない。

「ミチオ殿は、領内の迷宮の討伐に失敗したとき貴族が爵位を失う場合があることを知っておるか？」

公爵が俺のほうを向いて質問してきた。

「いいえ」

「もちろん、迷宮や魔物がはびこって人が住めなくなれば、領地や爵位など持っていてもしょうがないからな。爵位を召し上げられるのも当然のことだ」

迷宮を倒した場合、倒した人は貴族に列せられる。

逆に、倒すべき迷宮を倒せなかった場合には貴族でいられなくなるということか。

信賞必罰の厳しい制度だ。

飴《あめ》と鞭《むち》でよくできているともいえる。

「セルマー伯のことですね」

カシアがつぶやいた。

セルマー伯というのは、確かカシアの実家だ。

俺も行ったことがある。

あそこが危ないのか。

緊急事態というのは、俺たちや公爵のことではなく、セルマー伯のことを指しているらしい。

「当代の伯爵になってから、セルマー領内では迷宮討伐が進んでおらん。今すぐに貴族でなくなるわけではないが、降爵の危機に瀕《ひん》しているといっていい」

「そこまで」

「エルフの貴族は、現在一公爵一侯爵二伯爵をキープしている。失爵であれ降爵であれ、エルフとしては現状を放っておくわけにもいかん。ミチオ殿には関係のない話で悪いが」

「いえ」

　緊急事態というか、悪い状況のようだ。

　エルフの貴族は、ハルツ公爵が一家、侯爵が一家、カシアの実家であるセルマー伯爵ともう一人伯爵がいるらしい。

　カシアの実家だしセルマー伯爵家もエルフだ。

　セルマー伯も確か小太りのイケメンだった。

「別に違う種族と仲が悪いとか、差別を受けているとかいうことではない。しかしエルフとして譲れぬものはあるのだ。そこは分かっていただけようか」

　セルマー伯が爵位を取り上げられてエルフの伯爵が減っては困るということだろう。

　それは分かる。

　貴族だけに面子《めんつ》というのもあるのかもしれない。

　つまり、俺にセルマー伯領内の迷宮に入ってほしいということだ。

猫の手も借りたいのだろう。

緊急事態だ。

エルフの貴族が総出で助け合うとしても、それぞれ自領内にも迷宮を抱えているだろうし。ハルツ公領内にもセルマー伯領内の迷宮が手ごわくなっているのかもしれない。

あるいは、セルマー伯領内にもまだ二つ残っている。

迷宮は、入り口を出したときは五十階層までだが、その後少しずつ成長していく。

爵位を失いかねないほどに放置してあるということだから、結構成長しているだろう。

危険性は増していると考えたほうがいい。

それで緊急事態か。

だからといって、一人で行って迷宮を倒してこいとは言わないはずだ。

公爵は俺が三十数階層に入っていると思っている。

いくら公爵でもそこまでの無茶は言わないだろう。

え？

言わないよね？

ひょっとして、ゴスラーを遠ざけたのはそのための布石か。

「ま、まあ」

「それで、セルマー伯を討つことにした」

「は？」

「退場願うという言い方をしてもいいが、実態は討つということだ」

違った。

領内の迷宮ではなく、セルマー伯そのものを倒すらしい。

政権転覆か、乗っ取りか。

確かに、いくら手を貸したところでそれだけで済むはずはない。

この世界では迷宮はあとからあとから生まれてくる。

今後ともきっちりと迷宮退治が進められる体制を作らなければならない。

セルマー領内の迷宮討伐が当代セルマー伯になってから進まなくなったのだとしたら、原因はセルマー伯爵にあるのだろう。

原因を排除するのは当然のことだ。

討つかどうかは別にして。

排除する手段が、皇帝に頼むとか対立候補を立てて落選させるとかスキャンダルをばらまくとかでないのが恐ろしい。

この世界ではそんなものなのだろうとしても。

軍事クーデターみたいな感じか。

本当に迷宮を倒せない原因がセルマー伯爵にあるのかどうかは分からない。

あるいは原因はどうでもいいのかもしれない。

セルマー伯を倒せば人心を一新する効果もあるだろう。

結果が出ないと首をすげ替えられるサッカーの代表監督みたいなものか。

比喩的な意味でなく首を切られるのが恐ろしいが。

しかもカシアの実家で親戚の伯爵を。

「それは……」

カシアの様子をうかがうと、カシアはじっと耐えている。

あらかじめこうなると分かってはいたということか。

そういえば覚悟していると言っていた。

「そのために、是非ミチオ殿の力を借りたい」

「どんな？」

セルマー領内の迷宮に入れというのではない。

何をしろというのだろう。

「ミチオ殿は余と一緒にセルマー伯に面会したことがある」

「はい」

「そこに余のエンブレムをかたどりし幕があったはずだ」

セルマー伯に謁見したとき、伯爵の後ろにハルツ公のエンブレムが入った幕が垂れ下がっていた。

あれのことか。

「確かに」

「あそこにフィールドウォークで移動してもらいたい」

げ。

突入部隊になれというのか。

セルマー伯を討つといっても、この世界では軍隊が敵領内をノロノロと行軍することはないのだろう。

帝都だろうとどこだろうとフィールドウォークで飛べる。

「あー」

「セルマー伯もあれでわりかし慎重な男だ。居城内部にはなかなか冒険者を立ち入らせないし、遮蔽《しゃへい》セメントもふんだんに使ってあるらしい。迷宮は退治しないが自分の身を守ることには長《た》けている。攻めるに難しいと思っておったが、ミチオ殿があの城に入ったことで条件が変わった」

そんな昔から計画を練っていたのか。

帝国解放会に推薦したり、俺に便宜を図ったのもこの日のためだったと。セルマー伯の居城に入ったことのある俺なら使えると。

「つまり、尖兵《せんぺい》になれと？」

セルマー伯の居城内部に入った冒険者が俺しかいないのであれば、最初に突入するのは俺ということになる。

無条件で一番槍《やり》だ。

ほとんど決死隊ともいえる。

「セルマー伯もある程度察してはいようが。さりとて、毎日毎日四六時中待ち受けるわけにはいくまい。見張り程度はいるかもしれんが、それほどの危険はないはずだ。こちらの動きが洩れないように細心の注意は払っている」

ゴスラーでさえ知らされたのは今日だからな。

作戦自体は立ててあったのだろうが、決行日が分からなければどうしようもない。

「セルマー伯の居城に入った冒険者はほかには？」

「もちろんまったくのゼロということはないが、下手に声をかければこちらの動きがセルマー伯に悟られてしまう」

城に入ったことがあるのはセルマー伯となんらかのつながりがあるからなわけで、その冒険者に声をかければ、情報が向こうに洩れる恐れがある。

最悪、裏切って向こう側につくかもしれない。

まったくの第三者である俺みたいのは少ないのだろう。

「俺が探索者であることはばれているので、なんらかの対策は打ってあるのでは」

「その可能性はあるが、城のエンブレムに関しては問題ないはずだ。あれは、いざというときここから攻め入ってきてもよいというハルツ公爵家とセルマー伯爵家の友好と信頼の証しだ。こちらに知らせることなく動かすことはありえない」

その友好と信頼の証しを逆利用しようというのか。

えげつないな。

「その証しを利用してよろしいので」

「今回こそが、まさにそのいざというときなのだ。傷の浅いうちに対処できるなら、セルマー伯爵家にとってもそれが一番いい。当家とセルマー伯爵家はより深い信頼で結ばれるだろう」

「信頼ねえ」

勝手な言い分という気がする。

ただし、セルマー伯爵家を取り潰《つぶ》すのではないらしい。

当代のセルマー伯爵を排除して、代わりの者を伯爵につけるのだろうか。

「万が一のときに余やカシアがセルマー伯の居城のエンブレムに逃げることもありうる。使えなくしているようなことは考えなくていい」

「逃げるには冒険者がいるのでは」

「カシアについてやってきた冒険者などもあの幕を見て知ってはいる。ただし今回の件で使うわけにはいかない」

「難しいのか」

結婚のときカシアと一緒に来た冒険者がいるのだろう。

実家に逃げ帰るときのためかもしれない。

つまりセルマー伯爵側の人材だ。

尖兵で送り出したらそのまま寝返るということもありうる。

「引き受けてくれるのなら、それなりの報酬も考えている。もちろん断ってくれてもかまわない。選択の自由は保証しよう。断る場合には、作戦決行時までこの部屋から出ないことが条件になるが」

そのためにわざわざこの場所に移動したのか。

会議が終わるまで出てこない慣習があるなら、長時間俺たちが出てこなくても不審には思われにくい。

「向こうに移動したあとはどうすれば」

「最初の移動で騎士団の冒険者数人を連れて行ってもらい、その後も何往復かしてもらう予定だ。ミチオ殿に戦ってもらうつもりはない。それはエルフである余らが余らの責任において行う」

「移動だけ……」

「もちろん万が一ということはある。絶対の安全は保障できない。含みおいてほしい」

公爵は俺に助力を頼みたいのかそれとも断ってほしいのか。

もっとも、絶対安全だと請け負わないのはかえって好感が持てる。

危険はあるだろう。

確かに、たとえエンブレムの幕から攻め込まれると分かっていても、公爵の言うとおり毎日守備部隊を張りつけておくわけにはいかない。

というか、そんな戦力があるなら迷宮に入れておけという話だ。

そうしておけばセルマー伯を排除する必要も生じなかった。

しかし、別の手なら使える。

人がいないときは部屋に毒ガスを充満させておくとか。

幕の前で薪《まき》を燃やし、出てきた人がそこに落ちるようにするとか。

幕に向けて剣をセットし、移動してきた人に突き刺さるようにすることも不可能ではないだろう。

何かのときに逃げてくる可能性があるから、普通はそんなことはしないだろうが。

それでも絶対の安全はない。

断ったほうがいい。

引き受ければ俺はカシアの実家に攻め込むことになる。

「迷宮を退治することは貴族の義務です。その義務を怠り、果たせなかったのですから、仕方がありません」

カシアの様子をうかがおうとしたら、カシアがきっぱりと口にした。

「ミチオ殿の協力が得られぬ場合、セルマー伯の居城へは正面から攻め込むことになる。セルマー伯爵家にも大きな被害が発生しよう」

俺が引き受けたほうがカシアにとってもいいということか。

逃げ道がねえじゃねえか。

「わたくしからもお願いします」

頼まれてもしまった。

「うーん。分かった。ここまで来たのだし、それくらいならば。乗りかかった船だ」

カシアに頼まれたら受けるしかない。

幕の前に剣など、用意されていなければいいが。

「ありがたい。さすがはミチオ殿だ。余が見込んだだけのことはある」

公爵は勝手なことを。

貴様のために受けたのではない。

カシアのためだ。

き、貴様のために受けたんじゃないんだからね。
セリーが心配そうな表情で見てくるが、口をはさむつもりはないらしい。
公爵が相手だしな。
「ま、なんとかなるだろう」
セリーにも聞こえるように、楽観論を口にした。
ロクサーヌはあまり心配そうではないが、俺のことを信用しているのだろうか。
俺の力を過大評価していることは考えられる。
「出撃は今夜遅くになる。酒はないが、たっぷりと飲み食いして英気を養ってくれ」
日が暮れてから来いというのはそういうことだったのか。
手回しのいいことで。
酒がないのも、酔って出撃するわけにはいかないからだろう。
今回ドワーフ殺しを用意するつもりは元からなかったと。
仕方がない。
せめてやけ食いでもしておくか。
「閣下、ゴスラーです」
しばらく料理に没頭していると、ノックの音がして外から声がかかった。
ゴスラーだ。

緊急事態だと言ってゴスラーがいなくなったら、本当に公爵が厄介ごとを持ち込んできた。ゴスラーがいないとやっぱり駄目か。

「ゴスラーか。今ドアを開ける。入ってはくるなよ」

公爵が立ち上がり自ら扉に向かう。

この会議室は入ったら終わるまで出られない。

そういえば、俺たちはいつまで出られないのだろう。

今夜遅くという作戦決行までここで軟禁だろうか。

公爵がドアを開けた。

ドアの向こうにはゴスラーが一人で立っている。

「セ二号作戦はほぼ計画通り順調に推移しております。予定した者の八割とはすでに連絡がつき、現在集結しつつあるところです」

ゴスラーが小声で報告した。

ばっちり聞こえているけどね。

胸を張ってえらそうに報告を受ける態度なんかを見ると、公爵はさすが公爵だ。

腐っても鯛《たい》というか腐った鯛というか。

「突発で行う計画なので、全員と連絡が取れないことは織り込み済みだ。八割も取れれば十分だろう」

「ですが、困ったことが一点」

「なんだ？」

「よろしいので」

ゴスラーが微妙に俺のほうを見ながら告げる。

部外者には聞かせられないことらしい。

「大丈夫だ。ミチオ殿にはご助力いただけることに決まった」

「ミチオ殿にですか？」

「ミチオ殿がセルマー伯のところに行ったことがあるのは知っていよう」

俺を仲間に引きずり込むことはゴスラーにも言ってなかったようだ。

やはりゴスラーが知っていればあくどいことは行われなかったのか。

「そうですか」

ゴスラーが同情するようないたわるようなまなざしで俺を見る。

苦労人仲間ということだろう。

ゴスラーのほうも日々公爵に振り回されているに違いない。

それは分かるが仲間ではないぞ。断じてない。これ以上振り回されてたまるものか。

「それで。困ったこととというのは？」

「実は」

その後のゴスラーの話は、小声だったこともありあまりよく分からなかった。

固有名詞ばっかりだし。

誰それがどこそこへ行ってなにそれ、みたいな。

とりあえず、非常召集の連絡に手違いがあったらしい。

ミスなのかアクシデントなのか。

「それでは決行を早めたほうがいいだろう」

「そうですね」

「最低限の人数がそろい次第、作戦を開始する。ミチオ殿を除いて、四十一人だ」

「了解しました」

決定を受けてゴスラーが立ち去る。

公爵は、ドアを閉め、自分のイスに戻った。

「すまんな。少々作戦の修正が必要となった。決行を早める」

「弟に何かあったのですか？」

公爵が座ると、カシアが問いかけた。

ゴスラーの報告に出てきた固有名詞の中にカシアの弟の名前があったらしい。

「いや。彼に問題はない」

「そうですか」

カシアが安心したように息をつく。

「弟というのは、カシアの従弟《じゅうてい》でな。次期セルマー伯爵になってもらう予定だ」

公爵が俺のほうを見て説明した。

弟といっても従兄弟《いとこ》か。

カシアの親戚なら、当然セルマー伯爵家の一族ということになる。

爵位を継いでもらうのにふさわしいのだろう。

セルマー伯を討つといっても、討ち滅ぼすのではなく本当にトップをすげ替えるだけのようだ。

あるいは傀儡《かいらい》にするのに都合がいい人材なのか。

「その人が次のセルマー伯に」

「そのためには彼にも今回の挙兵に参加してもらわねばならん。だが、騎士団の冒険者が迎えに行ったところ、運悪く知人と一緒にいたらしい。まったくの無関係者ならよかったのだが、セルマー伯とも通じている者だ。余の騎士団がセルマー伯の親戚を呼び出すのはなぜか。聡《さと》い者であれば作戦に気づくかもしれん」

「それで決行を早めると」

気づかれた可能性があるので、向こうが動く前に動いてしまおうということか。

ゴスラーでさえ決行の日にちを知らなかったのだから、カシアの従兄弟が知るはずはない。知らなければ、たまたま誰かと一緒にいることはあるだろう。

それがセルマー伯の知り合いであっても不思議はない。一族なのだから。

行き当たりばったりな公爵の責任か。

あるいは、秘密作戦につきものの不可抗力か。

「確実を期して寝静まる時間まで待つつもりだったが、そうも言っていられなくなった。必要最小限の準備が整い次第、セルマー伯の居城に突入する。これからの時間でも大きな問題はないだろう。夜になれば謁見の間に人はいないはずだ。ここととセルマー領との距離はそれほどないから、時間が変わることは考えなくていい」

少人数で寝込みを襲うならもっと遅い時間のほうがいいはずだ。早くする分危険は増すが、情報が伝わってしまうよりはいい。セルマー伯領との時差は、考えなくていいらしい。

「閣下」

再び、ノックの音が響いてゴスラーの声がした。

「ゴスラーか」

「お連れしました」

「準備はいいか」

「すべてできています」

返事を聞くと、公爵はオリハルコンの剣を抜く。

驚く俺に軽くうなずいてから、ドアを開けた。

ドアの向こうには、ゴスラーのほかに男が二人いる。

一人は会ったことのある騎士団員だ。

「久しいな」

「こ、これは？」

もう一人の男が驚いている。

ドアを開けたら剣を持った公爵がいたのでは、驚くだろう。

男がカシアを見つけ目線で何か問いかけるが、カシアは首を振った。

「端的に言おう。貴公には次期伯爵になっていただきたい」

前もって話しておかなかったのかよ。

今ここで説得をするらしい。

つまり、この連れてこられたかわいそうな人がカシアの従兄弟だ。

今日になってから話をするとか。

行き当たりばったりどころの騒ぎじゃない。

他人と一緒にいたのを運悪くとはいえない。

ただし、話を持っていって断られる可能性もある。

断られればセルマー伯側への情報漏洩《ろうえい》を心配しなければならない。断られなくても、こちら側につくふりをして土壇場で裏切るかもしれない。

それなら最初から知らせないという手もありなのか。

今からならセルマー伯へ伝える時間はない。

反対されても、ことが終わるまで拘束しておけばいい。

寝返って何かをしようにも準備をする余裕もないだろう。

「伯爵を……討たれるのですか？」

男が顔を白くしながら言葉を搾り出した。

顔面蒼白《そうはく》というのは、本当にそうなるらしい。

血の気が引いたのだろう。

公爵は無言のまま大きくうなずく。

「こうなることは分かっていたはずです。しっかりしなさい」

代わりにカシアが男に声をかけた。

「それは……そうですが」

この男も分かってはいたようだ。

貴族にとって迷宮が倒せないというのはそこまでの不祥事なんだろうか。

討たれて当然なんだろうか。

逆にいうと、セルマー伯が待ちかまえている可能性もやはりある。

討たれて当然なら自分が危ないと分かっているだろう。

いや。そんな戦力があるなら迷宮に投入しておけと。

「分かっていよう」

「しかしそんなことをすれば」

「非公式ながら全エルフ最高代表者会議の賛同は受けている。非公式なのは、セルマー伯もメンバーだからにすぎない。というよりも、この件は会議からの要請だ。伯爵が減って困るのはエルフ全体の話だしな。貴公が次期伯爵になればすべては丸く収まる」

すでに根回しも十分にすませているらしい。

公爵の勝手で攻め込むのでもないようだ。

「そこまで話が進んでいるとは……」

「内々だが昨日皇帝にも話を通した」

「そ、それは」

皇帝に話したらしい。

会っていることは確かだ。

俺の推薦はダシに使われただけで、メインはこっちだったのか。

「余が実行役に選ばれたのも会議からの恩恵と思ってくれ。余と貴公が組めば、被害を最小限に抑えられる」

「それは、そうかもしれませんが」

「なっていただけるな」

「は、はい」

公爵が無理やり引き受けさせた。

剣を持っているし、説得というよりは脅しだ。

「貴族の責務を忘れてはいけません」

引き受けざるをえなかった従兄弟にカシアが声をかける。

慰めているのだろうか。

「では、作戦決行時までこの部屋にいていただく」

「私も兵を呼び寄せます」

「残念だが、その余裕はない。心配せずとも城内では存分に働いていただく」

男の申し出を公爵が断った。

仲間を連れてくるといってセルマー伯に情報を流す恐れもあるから、当然だろう。

参加させるといっても本当に形だけのようだ。

かえって足手まといではあるのかもしれない。

「そろそろ人数がそろいます」

騎士団員が一人駆けてきて、部屋の入り口から報告した。

「すぐに参る」

「は」

公爵の返事を受け、騎士団員はすぐに戻っていく。

「それでは、本日の会議はここまでとする。以後はこの部屋から外に出てもよい。カシアは、結婚のときにセルマー伯からついてきた者たちを集めて見張りを頼む。そろそろ騒ぎをかぎつけられかねん」

「わたくしも城へ参ります」

「もちろん行ってもらうつもりだ。ただし、先陣としてではない。今は決行前に向こうへ情報が伝わらないようにすることが最優先だ」

「分かりました」

公爵は最初にカシアを部屋から出した。

見張りと言っているが、要するに参加させたくないのかもしれない。

実家の転覆に立ち会わせるのも酷だろう。

「余らも行こうか」

「ミチオ殿たちも、こちらへ」

ゴスラーが俺たちを招く。

全員で移動した。

行ったのは、前にロクサーヌが試合をやった部屋だ。

部屋には大勢の人がいた。

いつものボーデの城とは様子が違う。空気が張り詰めている。

これから攻め込むのだから当然か。

明かりも、蠟燭《ろうそく》やカンテラでなく、かがり火がたかれていた。

公爵が次期伯爵のほうを向いて説明する。

「簡単に作戦を説明しよう。まず、貴公にはこちらの用意した人員とともに城に飛んでいただく。今回倒すのはセルマー伯爵一人でいい。正面から入ってその旨を触れ回り、伯爵側に抵抗させないようにしてくれ。抵抗が弱ければ、その功績は貴公の手柄となる」

本当に力の行使は最小限にとどめるつもりのようだ。

味方に手を上げるのは嫌だろうし、これならカシアの従兄弟も動きやすいだろう。

一族の者までが敵に回っているとなれば、セルマー伯側の抵抗も弱まるに違いない。

「精いっぱいのことをします」

気丈に答えているこの男がどういう地位にあってどれだけの影響力を発揮できるのかは知らないが。

「その隙に、ミチオ殿や続いて余らが飛ぶ。一気に攻め込み、城内を押さえる」

エンブレムに飛ぶとは言わなかったし、詳しい説明もない。

セルマー伯爵の親戚にあたるこの男を完全には信用していないのだろう。

俺は騎士団員の冒険者を引き連れて移動することになる。一度行けば、次は騎士団員の冒険者もエンブレムに飛べるようになる。

表側でこの男が騒いでいる隙に、裏から入って一気に押さえようということだろう。

「分かりました」

「簡素な装備品でよければ、こちらで用意したものを使ってくれ」

「ありがとうございます」

男が騎士団員に連れられて場所を離れた。

「ミチオ殿も使うのであれば」

「いえ。アイテムボックスがあるので」

剣やグローブや帽子はアイテムボックスに入れてある。

硬革の鎧《よろい》は着用していた。

念のための用心だ。

「そうであったな。ではしばしここで待機してくれ」

公爵がゴスラーと一緒に立ち去る。

「待ってください。最初はご主人様と一緒に私が行きます」

それをロクサーヌが止めた。

「ロクサーヌが？」

「はい」

思わず俺が口にするとうなずく。

「どういうことだ？」

公爵が立ち止まって尋ねた。

「ご主人様の行かれる場所は絶対安全ではないのですよね？」

「そうだ、な」

「そのような場所にご主人様を一人で行かせるわけにはいきません。私が一緒に行って、何かあったときには必ずお守りします」

ロクサーヌがまくし立てる。

今日はここへ来てからほとんど黙っていたのに。

勇気あるな。

「しかし、人数が」

公爵は戸惑っているようだ。

作戦を簡単に変えるわけにもいかないだろう。

一度俺が五人の冒険者を連れて行けば、次は三十六人を一気に送り込める。

ロクサーヌが入って四人になれば、俺を含めても次は三十人にしかならない。

しかしこれはチャンスだ。

考えていたことを提唱できる。

「それならば、作戦決行の前に俺が一度偵察に行ってこよう」

「偵察だと？」

「待ちかまえられていないかどうか、一度行って見てくれれば分かる。俺とロクサーヌだけで行ってくればいい。それならロクサーヌも安心だし、作戦の変更もほとんどない」

ロクサーヌの提案に便乗した。

狙いは、俺たちだけで一度移動することだ。

何も馬鹿正直にフィールドウォークでエンブレムに移動することはない。

俺たちだけで行くなら、ワープで飛べる。

謁見室の片隅にでも出ればいいだろう。

ワープなら遮蔽セメントが使ってあっても飛べる。

エンブレムに罠が張ってあったり仕掛けがしてあったりしても、違うところに出てしまえば問題はないだろう。

「それはそうだが」

俺たちだけで偵察してくると言うと、公爵は渋い表情になった。

ゴスラーに決行日を教えず、味方に引き込む次期伯爵にも何も伝えないほど徹底して情報漏洩に気を使っているのに、俺たちだけ好き勝手にさせるわけにもいかないのだろう。

ただし、俺が裏切るなら冒険者を連れてエンブレムのところへ行くときによそへ飛べばいいだけの話だ。

こればかりは冒険者でない公爵にはどうにもできない。

「俺たちが帰ってきたらすぐにそのまま作戦決行でいいし、帰ってこなければ失敗とみなして作戦を中止してもいい」

「危険では」

「元より危険性は変わらない。俺たちだけで行けば、失敗したときに騎士団の冒険者を失わずにすむ」

公爵に利点を説明する。

「ミチオ殿を使い捨てるつもりはない」

「分かっている」

「見張りがいる可能性もある」

「俺たちでなんとかできるならしてくるし、なんとかできないなら騎士団の冒険者を連れて行っても同じだ。帰ってまた行くだけならたいして手間もかからない。見つかったところでセルマー伯側に迎撃の準備を整える時間はないだろう」

二往復のところを三往復することにはなるが。

それなりに時間は食うか。

そこは勢いでごまかすしかない。

「見張りに見つかっていれば、エンブレムが撤去されてしまう」

俺が考えてもいなかった問題点を公爵が指摘した。

ワープで行くから、俺は垂れ幕に出るつもりはない。

公爵はそれを知らないから、エンブレムに出ると思っているだろう。

見張りがいて、ハルツ公のエンブレムから誰かが出て帰っていくのを見れば、真っ先に幕を取り外すはずだ。

「それなら俺だけが帰ってくればいい」

「大丈夫です。一度偵察に行けるなら、私も安全です」

ロクサーヌ、ナイス援護射撃。

「行って帰ってくるだけだから裏切って何かをするような時間はないし、裏切って俺たちが帰ってこなければ作戦をやめるだけだ」

俺が裏切る可能性も考えているだろうから、それもつぶす。

「……そうだな。ではこちらからも人を出そう。向こうがどうなっているか分からん。何かあったときのためだ」

公爵も事前偵察に傾いてくれたらしい。

しかし重要なのは俺たちだけで行くことだ。

誰かがいたのではワープを使えない。

「何かあるといけないなら俺たち全員で行く。そうなると枠は少ない。ならば俺たちだけで偵察してきたほうがいいだろう。俺たちだけで行ったほうが連携も取りやすい。人が増えるとは何かあったときに犠牲も増えるということだ。公爵から預かった人材を気にして俺たちがうまく立ち回れなくなっては本末転倒だろう」

「そうか。うーん。分かった。ミチオ殿たちだけで偵察に行くことを認めよう」

公爵から許可が下りる。

よかった。

これでかなり安全に進められるだろう。

一度決断すると、公爵はそれ以上は何も注文をつけずに立ち去った。

俺たちだけになったので装備品をロクサーヌたちに渡す。

アイテムボックスにはロクサーヌたちの装備品も入っている。

こんなこともあろうかと。

なるわけがない。

アイテムボックスにはジャケットやプレートメイルは入っていなかった。

迷宮を出てロクサーヌたちが手入れをしたあと、部屋に置いてある。

こんなことになるとは思ってもみなかった。

剣と帽子は入っているが、他の装備品は少ない。

胴装備としてはアルバだけが入っている。魔法使い用の装備品なので俺が着るわけにはいかない。

ロクサーヌは巫女《みこ》だからこれでもいいか。

あるいは騎士団の装備品を借りるか。

まあロクサーヌたちの胴装備はなしでいいだろう。

公爵は危険を考えているが、俺はなんの心配もしていない。

エンブレムに直接出るのではないからなおさらだ。

見張りにすら見つからない可能性があるのではないか。

この部屋みたいに大勢の人がいてかがり火でもたいているなら確実に発見されるだろうが、たくさん人がいるとは考えにくい。

決行日が分かっていればともかく、毎晩待機させられるほど人材に余裕があるなら迷宮に入れとけよという例の話になる。

薄暗い隅っこに人が出ても、エンブレムにしか注意が行ってないだろうし、見逃す公算は大きい。

見張りがいても中にいるのではなく入り口から中を見ているだろうから、俺はその逆をついて入り口側の壁にワープすればいい。

帰ったときに何と報告するかが問題になるが、見張りがいたがよそ見をしており気づかなかったようだと伝えればすむ。

エンブレムに剣を向けてあるなどの罠が仕掛けてあったときは蹴倒して帰ってくる。

罠と見張りがセットになっていた場合が問題だが、そのときは見張りの口を塞ぐしかあるまい。罠を仕掛けるのは見張りを置く代わりだろうから、セットになっている可能性はあまりないはずだ。

問題は、エンブレムが撤去されていた場合か。

ワープでは飛べているのにフィールドウォークでは飛べないという恐ろしい事態になってしまう。

一度めは行けているのだから、二度めは飛べませんとは言えない。

なんと言ってごまかすか。

そのまま立ち去って公爵たちとは二度と会わないというのが一つの手だ。

うまくすれば、俺たちが倒されたものと解釈してくれるだろう。

セルマー伯爵側の証言とは食い違うことになるが。

どうせ食い違うなら、見張りに見つかってほうほうの体で逃げ帰ったことにしたほうがいいか。

その後でエンブレムが取り外されたことにすればなんの問題もない。

証言が異なるのをどうごまかすか。

人が来ることもあるから、友好と信頼の証しのエンブレムを昼間はおそらく撤去していないだろう。

取り外しているとすれば、人のいない夜間だけということになる。

今日だけ忘れていたという可能性は十分にありうる。

担当者がそれをごまかすためにうそをついていると言い張れば、証言の食い違いは許容範囲にとどまるはずだ。

エンブレムが撤去されており、かつ見張りのいた場合は、無事に解決する。

見張りを倒してしまえば証言の取りようがない。

あとは野となれ山となれ。

垂れ幕を撤去したあとに事切れたものとしておけばいい。

つまり、エンブレムが撤去されていて見張りがいなかった場合はそこらにいる人を誰か捕まえて見張りに仕立て上げるよりほかあるまい。

さっきから俺の思考が真っ黒だな。

仕方がない。

他に抜け道はないように思われる。

軍事行動に手を貸すというのは、そういうことだ。

公爵やカシアやロクサーヌたちも、その点は分かってくれるだろう。

悲しいけどこれ戦争なのよね。

「ロクサーヌたちはこれを」

「はい」

武器と帽子はあるので全員に渡した。

俺もデュランダルを用意する。

「これから行く部屋には垂れ幕が下がっている。そこがどうなっているかを見てほしい。誰か人がいても、可能ならば逃げてくる。戦闘はなるべく避けるつもりだ。手を引いたら撤退の合図だと思ってくれ」

周囲に人がいない隙を見てこっそりと指示も出した。

他人が聞いたら、エンブレムの垂れ幕にフィールドウォークで飛ぶのにそこを確認しろというおかしな命令になってしまう。

戦闘については、場合によってはこちらから仕掛けることもあるが、そのときは俺だけが動けばいい。

見張りがいてもエンブレムだけを注視しているなら、黙って帰ってくる予定だ。

「そろそろ必要な準備が整ったようだ。全員いいだろうか」

やがて、装備を整えた公爵が部屋の一番奥に立った。

「よろしいようです」

喧騒《けんそう》が静まると、公爵の横にいるゴスラーが促す。

「作戦内容については諸君らも理解していよう。この作戦は、全エルフ最高代表者会議の賛同を得た正当なものだ。必ずや正義の秤《はかり》はこちらに傾く。怠慢と怯懦《きょうだ》は、平和と繁栄にとって罪であり、許されるものではない。余らの戦いはそれを正すためにある。臆することはない。勇敢に戦い、気高き勝利を。未来はみなの双肩にかかっている。ハルツ公爵家とセルマー伯爵家に栄光あれ。諸君らの奮闘に期待する」

「オー！」

周囲の騎士団員が声を張り上げた。

公爵はこんなアジ演説もできるのか。

意外といえば意外だが、さすがは公爵だ。

「では、まずは偵察に」

俺たちも奥に進む。

奥には大きな垂れ幕がかかっていた。

フィールドウォークが使用できるだろう。

「ミチオ殿、注意して行かれよ。自らの安全をまず第一に考えて行動してほしい。どのような事態になろうとも責任はすべて余が持つ」

「はい」

いろいろ注文をつけたいこともあるはずだが、ここで何も言われないのはありがたい。

公爵の激励を受け、幕の前に立つ。

部屋の中は作戦に従事する人がいっぱいいる。がやがやしているので、スキル呪文は適当でいいだろう。

フィールドウォークの呪文を偽装しつつ、ワープと念じた。

セルマー伯の居城へ飛ぶ。

エンブレムのある謁見室だ。

出たところは、真っ暗な部屋の中だった。

ボーデの城と違い、真っ暗で、物音一つしていない。見張りの人がいないのはいいが、何も見えない。

垂れ幕があるのかどうかさえ分からん。

「ここには誰もいないようですね」

ロクサーヌが小声で報告してきた。

誰かいればロクサーヌなら匂いで分かるか。

現代日本と違ってここには赤外線監視カメラも集音マイクもない。誰もいないなら俺たちのことがばれる心配はないだろう。

「たれまく、です」

小さくミリアの声もした。

ミリアには見えるらしい。

「垂れ幕におかしなところはないか？」

「ない、です」

ハルツ公のエンブレムの入った垂れ幕かどうかまでは分からないが、そこまではしょうがない。

大丈夫そうなので、俺は戻ることにする。

デュランダルを消し、パーティーも解散した。

ここでやっておけばパーティー編成の呪文が必要ない。

この部屋には、罠も見張りもないらしい。

セルマー伯は何も用心していないのだろう。

杞憂《きゆう》だった。

警備に力を入れる余裕があるなら迷宮に投入しとけということだよな。

「ミチオ殿」

「大丈夫そうです」

ボーデに戻ると公爵が声をかけてくるので、安心させる。

ほぼ同時に、パーティーへの参加要請が来た。

手回しがいいな。

「そうか」

「では」

今度はフィールドウォークの呪文を唱え、セルマー伯爵の居城にとんぼ返りする。

パーティーメンバーの一人がカンテラを持っていた。

部屋がぼんやりと明るくなるが、やはり誰もいない。

ロクサーヌたちも無事だ。

垂れ幕の近くではなく部屋の端にいるのが変といえば変だが。

別にそこまで気にしないだろう。

すぐにボーデの城に戻る。

「それでは、行ってまいります」

「期待している」

「おまかせください」

帰ってくると、次期伯爵であるカシアの従兄弟が乗り込むところだった。

入れ替わりにフィールドウォークで移動していく。

正面から入ると言っていたからロビーに飛んだのだろう。

擾乱《じょうらん》を引き起こすのが彼の役目だ。

「ミチオ殿、次は余らを頼む」

パーティーの冒険者がパーティーを解散させると、公爵が話しかけてきた。

公爵たち五人が俺の前に並ぶ。

「はい」

パーティー編成の呪文を唱え、五人を順次パーティーに入れた。

五人も入れるとなると結構時間がかかる。

その間に、違うパーティーがいくつか飛んでいった。

探索者のいるパーティーだ。

あらかじめ探索者が五人のパーティーを組んでおき、俺が連れ戻ってきた冒険者のうちの一人をパーティーメンバーに加えて、すぐに移動したのか。

これなら準備にかかる時間は最小限ですむ。

作戦計画は結構きっちりと考えられているらしい。

「向こうについたらパーティーを解散し、一度向こうにいるパーティーメンバーをここに戻すといい。彼女たちはこの部屋にいればいい」

公爵が俺の次の行動を指示する。

パーティーメンバーというのはロクサーヌたちのことだ。別に向こうにいさせる理由はない。セルマー伯側の反撃があれば向こうだと危険もある。

パーティーを組んで、またしてもセルマー伯の居城に飛んだ。

部屋は明るくなり、やや騒然としている。

一回めに来たときの真っ暗な静謐《せいひつ》さがうそのようだ。

パーティーを解散すると、公爵らは勢いよく部屋を出て行った。

他のパーティーも順次に散開していっているみたいだ。部屋の外がどうなっているかまでは分からない。戦闘が行われているのかどうかも分からない。

それでも、かなりの兵員を一気に送り込んだから、優位にはことが進んでいるだろう。

圧倒的な機動力だしな。

冒険者というのはたいしたものだ。

この世界では、冒険者を多く抱える有力な騎士団が絶対的な力を持っているのだろう。

公爵も出て行ったので、俺はロクサーヌたちとパーティーを組む。

公爵側の軍勢は、すでに謁見室を出て行ったか、通り過ぎるだけだ。

俺たちに注目するやつはいない。

これ幸いと適当にパーティーを組んだ。
呪文を唱えなくていいので早い。
「俺はまだ仕事があるが、ロクサーヌたちは向こうに戻って待機だ。今から戻る」
選ばせれば、ロクサーヌのことだからここに残ると主張するだろう。
だから有無を言わさず退避させる。
ここより安全だ。
ボーデの城に戻ると、部屋にカシアがいた。
彼女も向こうに行くようだ。
ドレスではなく戦闘用の装備に身を固めている。
残念ながら俺ではなくて他の冒険者が割り当てられているらしい。
カシアたちが向こうに飛んだ。
俺もすぐにセルマー伯の居城に移る。
何度めの移動だろう。
四回めか。
カシアたちは、ちょうど謁見室を出るところだった。
外に出ようとして、立ち止まる。
向こうから公爵が入ってきた。

「カシア、大丈夫だ。作戦は順調に推移しつつある。お。ミチオ殿もおられたか。ミチオ殿のおかげで、こちらにもセルマー側にも損害はほとんど出ていない」

作戦は順調らしい。

そういうときが一番危ないともいうが。

それはいいだろう。

公爵は一人の若い女性を後ろに連れていた。

上品な雰囲気を醸し出した華麗な令嬢。

セルマー伯の居城にいた女性だろうか。

カシアによく似た美人だ。

綺麗《きれい》だな。カシア同様、美人ぞろいのエルフの中でも飛び抜けて美しい。圧倒的な美人というべきだろう。

どことなくカシアより少し幼い感じがする。

「ルティナ」

彼女を見て、カシアが声をあげた。

ルティナというらしい。

「カシア姉、さま……」

ルティナは一言だけ口にすると、悔しそうに唇を食い締める。

「よかった。無事でしたのね」

「……いいえ」

無事といえば無事だが、無事でないといえば無事でないのだろう。

襲撃されているわけだし。

そんなルティナをカシアが抱きしめた。

群を抜く美人二人によるあでやかな共演。

美しい情景だが、そんなことを思っている段ではないか。

「父も爵位を継いだころにはがんばっていました。ですが、なかなか結果が出ず。いつのころからか騎士団の統率はおざなりになりました。さらには大きな盗賊団が暴れまわって有能な配下を何人も失ったとか。その後は酒に逃げるようにもなりました」

討伐が進まない原因は確かに伯爵にもあったようだ。

これはシャッポを替えざるをえない。

いずれこうなることはルティナも分かっていたということだろう。

「閣下」

ゴスラーがやってきた。

「どうだ？」

「城内の制圧はほぼ完了いたしました。抵抗もありません。ただ、伯爵の行方が」

「分からぬか」

「はい」

公爵とゴスラーが会話する。

セルマー伯が見つからないようだ。

ひょっとして、今日は外出していたとかかもしれない。

行き当たりばったりで決行日を決めるから。

「いなくなられても手段がないわけではないが、面倒だな。しかし居城を逃げ出せば貴族にとって名折れとなる。どこかにいるはずだ。捜索に全力を尽くせ」

「分かりました」

冒険者がいればこの世界では逃げ出すのは簡単だ。

移動してしまえばいい。

隠れるくらいなら逃げ出すと思うが、そうでもないのだろうか。

逃亡がどのくらいの不名誉なのか。

貴族の責務である迷宮討伐をすでに怠っていたのだから、貴族の名誉にもこだわってはいないかもしれない。

それは関係ないか。

「すまぬが、伯爵が見つからん。どこにいるか知っておるか」

公爵がルティナに尋ねる。

こういう場合、炭置き小屋にでも隠れているのではないだろうか。

公爵には陣太鼓を打ちながら指揮してほしかった。

一打ち二打ち三流れ。

「知りません。父が悪いことは知っています。こうなったことの責任が父にあるとも思います。それでも、知っていても、教えません」

ルティナがきっぱりと言う。

槍は錆《さ》びてもこの名は錆びぬ。

天野屋ルティナは女でござる。

「カシアは、どこか隠れていそうな場所に心当たりはないか？」

「そうですね。冬場に暖を取るための薪を置く部屋が、寝室のどこかからつながっているはずです」

本当に炭置き小屋なのか。

「ゴスラー」

「は」

公爵がゴスラーを送り出した。

「本当に、ここまで追い詰められていたのですね」

ルティナが美しい瞳でカシアを見つめる。

「あなたの父は元々あまり伯爵には向いていませんでした。荒事を避け、迷宮に入ることにも二の足を踏むような優しい人です。末弟なので本来なら爵位を継ぐことなく、自由に暮らせたでしょうが。長兄であるわたくしの父と次弟が長く争ったため、やむなくお鉢が回ってきたのです。こうなったことについては、わたくしからも謝ります」

カシアの父とルティナの父親が兄弟になるらしい。

「いいえ。貴族の義務を怠った父が悪いのです。いけないことだとは知りつつ、その父に甘えてしまっていたわたくしも同罪です」

「ルティナ……」

「わたくしにもっと力があれば」

「大丈夫です」

カシアがルティナの頭を抱き寄せて慰めた。

「覚悟はできています。もはやどうなってもかまいません」

ルティナが金色の髪をなびかせて公爵に振り向く。

クッコロか。

美人のエルフに言わせてみたい言葉のトップファイブに入るな。

「ありがたい。貴女《あなた》には奴隷になっていただきたい」

ただし、公爵に殺すつもりはないようだ。

倒すのは伯爵一人でいいと言っていたしな。

「奴隷に？」

「ミチオ殿」

「はい」

「よければ、彼女をもらってくれ」

カシアの疑問をよそに、公爵がとんでもないことを言い出した。

「は？」

「今回もミチオ殿には世話になった。その褒賞としてふさわしいだろう」

「いや、何を」

何を言い出すのだろうか。この公爵は。

「継承権の問題でな。正規の手続きを取れるならいいが、非常時の今、セルマー伯を廃したら彼女が優先されてしまう。今さら娘を次代に据えても周囲の納得は得られない。彼女の継承権をはずすには奴隷に落とすのが手っ取り早い。さりとて、うちやどこかのエルフ貴族が持つわけにもいかないしな」

「な、るほど」

「このミチオ殿は、余らにもうかがい知れない実力を持っているようだ。おそらくは遠くない将来、迷宮を倒して貴族の仲間入りをするだろう。貴族の責務を果たしてこなかったことを本当に後悔しているのならば、彼の下につくのがよいのではないか」

公爵がルティナに告げる。

「迷宮をですか？」

ルティナは疑わしそうだ。

探るような目で俺を見た。

まあ四十四階層まで来ているのだから、いずれ倒せそうではある。

「ルティナ、わたくしもそれがいいと思います」

「……分かりました。好きにすればよいでしょう」

カシアにも説得されて、ルティナが折れた。

彼女が俺のものになるようだ。

〈『異世界迷宮でハーレムを12』へつづく〉

ヒーロー文庫

異《い》世《せ》界《かい》迷《めい》宮《きゅう》でハーレムを 11

蘇《そ》我《がの》捨《しゃ》恥《ち》

2021年1月10日　第1刷発行
2024年10月20日　第2刷発行

発行者　廣島順二

発行所　株式会社イマジカインフォス
〒101-0052 東京都千代田区神田小川町 3-3
電話／03-6273-7850（編集）

発売元　株式会社主婦の友社
〒141-0021
東京都品川区上大崎 3-1-1 目黒セントラルスクエア
電話／049-259-1236（販売）

印刷所　大日本印刷株式会社

©Shachi Sogano 2020 Printed in Japan
ISBN 978-4-07-447190-4

■本書の内容に関するお問い合わせは、イマジカインフォス ライトノベル事業部（電話 03-6273-7850）まで。■乱丁本、落丁本はおとりかえいたします。お買い求めの書店か、主婦の友社（電話 049-259-1236）にご連絡ください。■イマジカインフォスが発行する書籍・ムックのご注文は、お近くの書店か主婦の友社コールセンター（電話 0120-916-892）まで。※お問い合わせ受付時間　月～金（祝日を除く）　10:00～16:00
イマジカインフォスホームページ　https://www.infos.inc/
主婦の友社ホームページ　https://shufunotomo.co.jp/

Ⓡ〈日本複製権センター委託出版物〉
本書を無断で複写複製（電子化を含む）することは、著作権法上の例外を除き、禁じられています。本書をコピーされる場合は、事前に公益社団法人日本複製権センター（JRRC）の許諾を受けてください。また本書を代行業者等の第三者に依頼してスキャンやデジタル化することは、たとえ個人や家庭内での利用であっても一切認められておりません。
JRRC〈 https://jrrc.or.jp　eメール：jrrc_info@jrrc.or.jp　電話：03-6809-1281 〉